누군가

나타날 것만 같은

기분에

발걸음이 빨라진다.

마음이 고플 때,
때때로
여행

# 마음이 고플 때,
## 때때로 여행

초판 1쇄 인쇄 2014년 7월 23일   초판 1쇄 발행 2014년 7월 28일

지은이 김현학
펴낸이 연준혁

출판 6분사 분사장 이진영
편집장 정낙정 | 편집 박지수 최아영
제작 이재승

펴낸곳 ㈜위즈덤하우스
출판등록 2000년 5월 23일 제 13-1071호
주소 경기도 고양시 일산동구 장항동 정발산로 43-20 센트럴프라자 6층
전화 031-936-4000  팩스 031-903-3895  홈페이지 www.wisdomhouse.co.kr
종이 월드페이퍼 | 인쇄 · 제본 ㈜현문

값 13,800원  ⓒ 김현학, 2014  ISBN 978-89-5913-813-5  03810

이 도서의 국립중앙도서관 출판예정도서목록(CIP)은 서지정보유통지원시스템 홈페이지(http://seoji.nl.go.kr)와
국가자료공동목록시스템(http://www.nl.go.kr/kolisnet)에서 이용하실 수 있습니다.(CIP제어번호: CIP2014021551)

푸드트래블러 김현학,
세계를 여행하고
영혼을 채우는 음식을 맛보다

**김현학** 글 · 사진

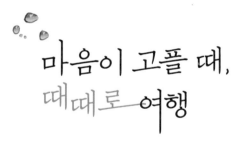

마음이 고플 때,
때때로 여행

예담

Contents

첫 여행의 시작은 그랬다.

그대는 지금 어떤 맛의 인생을 만들고 있는가?
아직은 풋내 가득한 상큼한 사과 같기도 하고 어쩌면 시간과 연륜이라는
양념을 버무려 깊은 맛이 우러나오는 인생을 살고 있을지도 모른다.

*Prologue*

구름 위를 날아다니는 기분을 여행의 맛에 비유할 수 있을까?

어릴 때부터 하늘을 동경했었다. 그렇게 난 매일매일 하늘 사진을 찍어대곤 했다. 물론 지금도 하늘을 바라보며 하루를 마무리하는 걸 참 좋아한다.

매일 변해가는 하늘을 보면서 위로받기도 하고 때로는 기분 좋게 웃으며 스스로를 다독이기도 한다. 조금 이상하게 보일지도 모르지만 그렇게 하늘과 친구가 되길 원했고 그 소망은 조금 더 가까운 곳에서 하늘을 바라봐야겠다는 욕심으로 변했다.

하늘을 언제나 가까이 하는 승무원도 있고 비행기 조종사도 있지만 그런 일들을 직업으로 삼기보다는 그저 즐기고 싶었다. 그런 생각에 아마도 여행을 더 좋아하게 됐는지도 모르겠다.

처음 여행을 떠나던 날! 아니 처음 비행기를 탔던 날을 아직도 똑똑히 기억하고 있다. 빌딩만 한 비행기를 눈앞에서 봤을 때의 놀라움. 하지만 누가 볼까 봐, 촌스럽다는 소리를 들을까 봐 방방 뛰던 그 마음을 속으로 눌렀다.

대학생 때 중국으로 간 봉사활동이 여행의 시작이었다.

첫 여행치고는 많은 의미가 있었다. 중국에 있는 조선족과 러시아에 있는 우리 동포와 함께 문화교류를 하는 행사였다. 나라에서 진행하는 행사라는 자부심도 있었고 공짜로 가는 여행이 아니라 봉사라서 더 자랑스러운 마음이 들었는지도 모르겠다.

조선족이 밀집되어 있는 길림성 연길의 한 초등학교에서 인터넷을 가르치는 선생님으로 갔던 나의 첫 외국은 생각과는 많이 달랐다. 중국에 도착하자마자 우리는 버스를 타고 22시간을 달렸다. 쿠션이라고는 도무지 느낄 수 없었던 직각의자에 앉아서 길 하나만 나 있는 중국 대륙을 달리고 달렸다. 그렇게 도착한 학교엔 내가 초등학교 때 쓰던 구형 컴퓨터가 10여 대 있었고 시설은 너무나 열악해서 가르치고 싶은 의욕마저 사라져버릴 지경이었다.

하지만 한 달 동안 중국에 머물면서 내가 찾은 의미는 바로 사람이었다. 한 민족이라는 동질감으로 살갑게 맞아주는 그 마음에 어떻게든 수업을 진행하자고 팀원들과 매일매일 다짐했다. 열악한 환경을 자신의 탓인 냥 미안해하던 그분들의 눈빛이 아직도 기억이 난다.

멀리 한국에서 온 훌륭한 인재들을 허술하게 대접하면 안 된다는 취지 하에 우리는 매일 중국에서 맛있는 요리로 푸짐하게 대접을 받았었다. 그때는 그 대접이 좋은지도 몰랐고 지방대 출신인 내가 선생님 대접을 받는 것도 어색하기 그지없었다. 서로가 서로에게 미안해하던 마음……. 아마도 그 마음은 서로를 생각하는 배려였을 것이다.

불편한 것은 없는지 먼 곳까지 찾아온 손님에게 행여 부담을 줄까 봐 더욱더 보듬어주던 담당 선생님의 따스한 웃음이 아직도 내 마음에 번져 있다. 한국에서 온 선생님들에게 늘 예쁨을 받기 위해 새벽부터 고양이 세수를 하고 한껏 치장을 하고 오는 녀석들이 귀엽다 못해 너무나 예뻐서 나는 정이 들대로 들어버렸었다.

컴퓨터를 켜는 법부터 시작해서 이메일로 편지를 쓰는 법까지 기초적인 것들을 아이들에게 가르쳐주었는데 그중 마우스 사용법을 가르쳤던 일이 기억에 남는다.

"얘들아 화면에 화살표 보이지? 그걸 왼쪽에서 오른쪽으로 움직여 봐!"

아이들은 어리둥절해했다.

"선생님, 안 움직여요. 화살표가 말을 안 들어요."

그도 그럴 것이 아이들은 하나같이 모니터 화면에 손을 대고 화살표를 검지 손가락으로 옮기려고 안간힘을 쓰고 있었다. 다시 생각해봐도 그 모습이 어찌나 천진난만하고 귀엽던지…….

지금은 터치스크린이 상용화되었으니 가능한 일이지만 어쩌면 그 녀석들은 앞서 나간 천재들일지도 모르겠다. 나의 과대평가일지 몰라도 그 아이들 중 이미 터치스크린에 대한 상상을 한 친구도 있으리라 믿는다. 마우스로 화살표를 움직여보자. 하나하나 손을 잡아 클릭클릭! 하면서 가르치던 기억이 첫 여행 속에 남아 있다. 작지만 큰 행복이었다. 내 첫 여행의 시작은 그랬다. 함께 무언가 나눈다는 것, 그리고 행복할 수 있다는 것 그게 여행인지도 모르겠다. 떠남을 통해 배우는 인생 말이다. 단순히 여행기를 적기 위해 이 부실한 책을 만든 게 아니다. 이 책은 그때의 감정과 맞물려 있는 맛에 대한 이야기이다. 우리가 알고 있는 맛이란 단순히 맛이 있다 없다라는 개념이 아닌 본능의 맛과 문명의 맛 그리고 학습의 맛이다. 본능적으로 좋아해서 먹는 맛, 단맛, 짠맛 그리고 학습을 통해 훈련되는 신맛이나 매운맛······ 하지만 진짜 이야기하고 싶은 것은 여행 속에 담긴 감정의 맛이다. 낯선 나라에 가서 무언가를 먹을 때의 즐거움도 있지만 더 중요한 것은 기분에 따라 맛은 늘 다양하게 변할 수 있다는 것, 그것이 아닐까?

오늘도 비행기 안에서 몇 자 적으면서 또 한 번 기분 좋은 행복을 기대해본다. 그대의 여행 역시 타인과 함께 무언가를 나눌 수 있는 떠남이었으면 좋겠다. 더불어 여행이 어떤 맛으로 기억될지, 역시나 궁금하다.

13

# Paris
## 사랑의 맛

# 사랑에 목마른 그대여, 몽마르트로

유난히 날씨가 맑다.

바람이 불지만 바람마저도 감미로운 날이 있다. 그런 날이었다. 그 바람에 이끌려 발걸음을 옮긴다. 정처 없이 떠돌아다니는 내 마음이 이끄는 곳으로 향한다.

얼마쯤 갔을까? 영화에서 봤던 물랑루즈를 지나 분주한 사람들 사이를 비집고 골목길에서 일행의 차가 멈췄다. 여기저기 붐비는 사람들 사이를 뚫고 저 멀리 사랑의 언덕이 보인다.

프랑스에서도 파리!

그중에서도 사랑하는 연인이 있다면 꼭 가보라고 권하고 싶은 곳! 바로 몽마르트 언덕이다. 너무나 유명한 관광지여서 굳이 설명하거나 소개하지 않아도 되지만 내가 느낀 그 언덕은 사랑으로 가득 넘치고 있었다. 햇살이 구석구석 어루만지는 언덕 곳곳에, 잔디밭에, 벤치에, 계단에 자유롭게 앉아 있는 청춘들이 사랑을 속삭이느라 더 아름답게 느껴지던 곳.

기분은 묘하지만 이상하게도 그들의 모습이 샘이 나기는커녕 사랑스럽기만 했던 곳이 바로 그곳이었다.

큐피드라도 어디 숨어 있는 것일까?

회전목마부터 햇살을 가린 큰 나무 뒤편까지, 다시 언덕 위 성당 끝까지 그리고 파란 하늘의 구름 사이까지. 이리저리 살펴본다. 눈은 쉴 새 없이 이곳저곳 스캔하느라 바쁘다. 그저 보는 것만으로도 사랑스러운 몽마르트에는 볼거리도 볼거리지만 그 공간에 스며 있는 사랑의 따스함이 넘쳐서 세상 어느 곳보다 편안하고 아름다운 기운이 넘치고 있었다.

한참을 앉아서 그 달콤함을 눈으로 맛본다.

젊은 연인들의 싱그러운 풋사과와 같은 사랑, 세월의 흔적이 녹아 숙성된 와인과 같은 사랑도 함께 어우러져서 마치 푸짐한 상차림을 맛보

# 사랑이란 게 그런 것이다.

통장에 잔고가 늘지도 않고 갑자기 얼굴이 연예인처럼 예뻐지는 것도 아니지만

마음이 충만해지고 감정에 솔직해지는 신비로운 경험, 설렘과 기다림 그리고

행복에 겨운 달콤한 시간들. 늘 좋기만 한 건 아니지만 달콤함 덕에

쉽사리 뿌리치지 못하는 중독성 강한 초콜릿과도 같으리라.

는 기분이었다. 가장 맛있는 요리를 먹은 듯한 이 기분 덕에 절로 마음이 가벼워진다. 기분이 좋아진다. 그게 바로 사랑이 전해주는 아름다운 에너지가 아닐까? 혼자 또 사색에 잠겨 햇볕을 마음껏 즐긴다.

사랑의 맛은 무엇일까? 연애를 시작하는 연인들 혹은 가족들에게는 사랑의 향기가 난다. 서로에 대한 관심과 배려 그리고 못 먹는 음식도 그 사람과 함께 먹기 위해 노력하고 도전해보는배려의 맛이 바로 사랑의 맛이다. 그대를 위한 마음의 맛이라고 생각해도 좋을 것 같다.

사랑이란 게 그런 것이다.

통장에 잔고가 늘지도 않고 갑자기 얼굴이 연예인처럼 예뻐지는 것도 아니지만 마음이 충만해지고 감정에 솔직해지는 신비로운 경험. 설렘과 기다림 그리고 행복에 겨운 달콤한 시간들. 늘 좋기만 한 건 아니지만 달콤함 덕에 쉽사리 뿌리치지 못하는 중독성 강한 초콜릿과도 같으리라.

차갑게 굳어버린 마음을 혀로 녹인다.

달콤함과 쌉쌀함이 공존하는 요상한 경험이 입안 가득 퍼진다. 웃음이 난다. 갑자기 서글퍼지기도 한다. 별로 먹지도 않았는데 배가 부른 것 같다.

큐피드라도

어디 숨어 있는 것일까?

참 이상하다. 그 언덕에서 초콜릿 향이 나는 것 같았다. 바람을 따라 코끝을 맴도는 그 달짝지근한 향에 정신까지 몽롱해진다. 내게도 사랑이 올지 모른다는 희망이 살포시 가슴 한구석에 자리 잡고 가슴을 쿵쾅쿵쾅 때린다. 누군가에게 나의 심장 소리가 들릴까 봐 조심스럽다.

하지만 그 언덕에서 나는 부끄럽지 않았다. 자연스럽게 행복이 전해져 몸속 구석구석 세포들을 깨우고 어루만져주고 있는 거라 믿었다.

조용히 주문을 읊조린다.


C'est  la vie.


아무도 들을 수 없게 조심히 내뱉어본다.

배시시 입가에 미소가 번진다.

그렇게 첫 번째 골목을 돌아서면 나의 운명 같은 사랑이 있을 것 같은 엉뚱한 생각이 들었다. 누군가 나타날 것만 같은 기분에 발걸음이 빨라진다. 누가 나타날까. 누군가 오고 있다.

하지만 내 엉뚱한 상상은 골목을 지나 걸어오는 넉넉한 인상의 아주머니를 마주한 뒤, 기분 좋은 상상으로 끝났다. 아마도 몽마르트 언덕

UTTE MONTMARTRE
CACAO LACTÉ
A LA PLACE CLICHY
TOILETTES D'ÉTÉ
COMPAGNIE FRANÇAISE DES CHOCOLATS ET DES THÉS
MAGGI
ROMANTISME
CHOCOLAT MENIER

에서 마주한 그 아주머니는 모를 거다. 한 번도 본 적도 없는 동양 사내가 자신을 보고 웃는 탓에 자연스레 이유 모를 미소로 인사한 게 전부일 것이다.

아주 짧은 순간, 여러 가지 상상과 이야기를 만들어 낼 수 있는 곳이 바로 몽마르트이다. 몽마르트에서 반나절을 보내고 나니 마치 파리지엔이라도 된 것 같았다. 노천카페에 앉아서 밴드들의 공연을 보고 흥얼거린다. 행복에 겨워 절로 콧노래가 흘러나온다.

비록 내 사랑은 찾지 못했지만 난 몽마르트를 사랑하게 되었다. 연인들이 넘치고 사랑이 넘치고 달콤함이 넘치는 바로 그곳!

마치 달콤한 초콜릿들이 뿜어져 나오는 〈찰리와 초콜릿 공장〉의 윌리 윙카 초콜릿 공장처럼, 사랑에 빠져 유영하는 아름다운 영혼들이 숨 쉬는 그곳.

그들이 내쉬는 숨마저 달콤한 솜사탕과 같아 공기까지 사랑스러웠다. 뻣뻣했던 마음에 초콜릿 한 조각이 들어와 스르르 녹는 것만 같았다.

초콜릿은 달콤하긴 하지만 만드는 공정이 워낙 까다롭고 템퍼링에도 민감해서 제대로 만들기 어려운 게 마치 사랑과 닮았다.

비록 사랑은 찾지 못했지만

난 몽마르트를 사랑하게 되었다.

연인들이 넘치고 사랑이 넘치고 달콤함이 넘치는

# 바로 그곳!

## 사랑의 맛은 무엇일까?

연애를 시작하는 연인들

혹은 가족들에게는 사랑의 향기가 난다.

온도를 조금만 잘못 맞춰도 초콜릿의 질감이나 광택은 사라져버리고 얼룩이 져버리는데 우리 또한 사랑하는 사람에게 마음이 조금 늦거나 빨라서 사랑을 망칠 때가 있다. 그렇기에 또 조심조심하게 되고, 살얼음 같은 사랑이 단단하게 굳어 믿음으로 만들어질 때까지 한없이 아끼고 아끼게 되는 게 아닌가 싶다.

사랑에 자신이 없는 그대라면 초콜릿을 만들어보자. 달콤하고 열에 약한 초콜릿을 가지고 녹이고 굳히기를 반복하며 만든다. 결국은 입안에서 녹여서 먹고 마는 초콜릿에 무슨 공을 그렇게 들이나 싶지만 정성이 들어가면 맛이 달라진다. 달콤함 때문에 정서적으로 안정이 되고 눈웃음 짓게 되고 귀가 실룩거리게 되는 느낌. 입안에 퍼지는 달콤함과 쌉싸름한 맛에 뇌가 중독되는 것 같은 그 순간!

초콜릿에는 이루 말할 수 없이 많은 수백 수천 가지의 자연 화합물이 있는데 그중 하나가 바로 사랑에 빠졌을 때 분비되는 도파민이라고 한다. 초콜릿의 도파민은 우리가 사랑을 할 때 느끼는 것과 같은 감정을 느끼게 해준다고 하니 초콜릿을 먹으며 사랑에 빠진 듯한 기분이 드는 건 진짜일 것이다.

사랑하는 사람이 생기면 꼭 몽마르트로 가리라 다짐했다.

내 앞에서 키스를 하던 그 연인들 속에서 내 사람과 함께 손을 잡고 로맨틱한 초콜릿 키스를 하리라 결심했다.

언제 다시 몽마르트에 가게 될지 모르지만 그렇기에 오늘 하루도 설레며 보낼 수 있고 쿵쾅거리는 심장소리를 들으며 웃을 수 있는 게 아닐까?

사랑에 목마른 그대라면 몽마르트로 가자.

그곳에서 누군가 나를 기다리며 초콜릿처럼 달달한 숨을 내뿜고 있을지도 모르니까.

사랑하는 사람이 생기면 꼭 몽마르트로 가리라 다짐했다.

몽마르트의 연인을 닮은,
입안에서 살살 녹는

파베초콜릿

## 재료

그 사람에 대한 사랑 한가득, 초콜릿 400g, 생크림 200g, 물엿 2큰술,
버터 1작은술, 코코아가루 20g

## 만드는 법

1. 초콜릿을 잘게 썬 후 중탕 그릇에 담고 80도 정도의 물 위에서 중탕시켜 녹인다.
   마지막에 버터를 넣어 함께 녹인다.

2. 중탕시킨 초콜릿에 생크림, 물엿을 넣고 섞는다.

3. 틀에 비닐 랩을 씌운 뒤 초콜릿을 평평하게 부어준다. 냉장고에서 3시간 이상 굳
   힌다.

4. 식은 초콜릿을 도마에 놓고 깍뚝 썰기를 한 뒤 코코아가루 위에서 굴려 겉면에 코
   코아가루를 입힌다.

사랑에 자신이 없는 그대라면

초콜릿을 만들어보자.

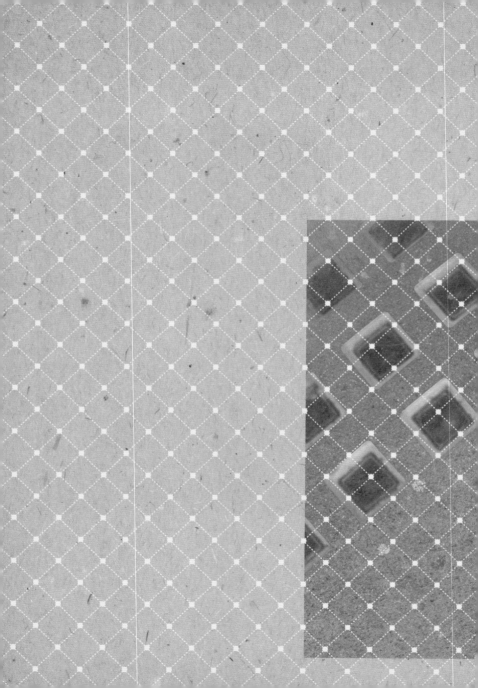

# United Kingdom
## 그리움의 맛

# 그곳에
# 온기가 있었네

영국식 억양을 정말 좋아한다. 무언가 클래식하면서도 고급스럽고 기품이 느껴지는 억양이다. 혼자만의 편견이고 주관적인 생각이긴 하지만 말이다. 혼자 영국식 영어라면서 친구들에게 중학교 교과서에 나올 만한 어휘들을 남발하면서 낄낄낄거린 적도 많았다.

　아마도 친구들은 나를 이상한 놈 혹은 실없는 놈으로 생각했으리라. 유창한 영어도 아니고 고작 한다는 문장이 "우주 라이크 섬싱 투 드링크?" 이 정도니 말이다. 그래도 어쩌랴. 영화에서 본 휴 그랜트나 이완 맥그리거의 그 투박하고도 시크한 발음과 억양이 너무나 사랑스러

떠나보니 알게 되는 게 바로 사람의 온기였다.

지지고 볶으면서 살아도 집이 좋고 가족이 좋고 친구들이 좋은 이유는

아마도 그 때문이 아닐까?

우니……. 그 때문에 지인들은 한동안 나의 영국식 콩글리시에 시달려야 했다.

나에게 영국은 특유의 아우라가 있는 곳이었다. 잿빛 하늘과 잘 어울리는 사람들, 기품 있는 여성들과 매너 좋은 신사들이 넘치는 나라. 그곳이 그랬다. 지금도 들리는 듯한 길거리 밴드의 음악소리도, 코벤트 가든에 넘치던 거리의 예술가들도 아직 선명하다.

모든 것이 낯설어서 그래서 더 매력적인.

잔디가 있는 곳이라면 어김없이 그들은 자유를 온몸으로 느꼈다. 책을 읽고 일광욕을 즐기고 사랑하는 이의 다리를 베고 누워 서로를 바라보던 그 애정 어린 시선 하나하나가 영국을 영국답게 만들어주는 주인공이라고 생각할 정도로 말이다. 애착, 아니 나의 집착인지도 모르겠다.

그들에게 나는 그저 이방인이고 관광객일 뿐 그 이상도 이하도 아니었다. 호기심 많고 모든 게 마냥 즐겁게 보이는 동양의 남자에게 돌아오는 따뜻한 시선은 없었다. 영국에서 하루도 지나지 않았는데 그런 마음이 들었다. 마치 버려진 강아지처럼 서글펐다. 조금 과장이 있기는 하지만 최악의 여행지로 영국이 될 수도 있었다.

떠나보니 알게 되는 게 바로 사람의 온기였다. 지지고 볶으면서 살

모든 것이 낯설어서

그래서

더 매력적인.

그들에게 나는 그저 이방인이고 관광객일 뿐

그 이상도 이하도 아니었다.

아도 집이 좋고 가족이 좋고 친구가 좋은 이유는 아마도 그 때문이 아닐까? 집 나오면 고생이라고 하던데 우중충한 날씨가 더욱더 날 움츠러들게 만들었다. 질투도 나고 화도 났다. 가끔 이렇게 별것도 아닌데 여행 중에 소심해지는 날이 종종 있었다.

이 세상에 나 혼자라고 청승을 떨고 있을 때쯤 오랜 친구가 떠올랐다. 대학 내내 함께 공부하고 놀았던, 서로 모르는 것 하나 없는 그 친구가 왜 그때야 생각났을까? 나란 놈, 참 무심하기도 하구나 혼잣말을 하면서도 내심 기분이 좋았다. 한줄기 빛이 보였다. 그만큼이나 누군가가 너무나 간절했다.

친구에게 연락을 하면서 세상이 너무 좋아져서 다행이라는 생각을 했다. 스마트폰으로 무료 메시지를 찾아서 보내고 곧 무슨 007 작전이라도 하듯 쉴 새 없이 문자를 주고받았다.

다행히 가까운 곳에 있었던 친구 덕에 저녁은 함께할 수 있다는 메시지를 받자 안심이 되었다. 오랜만에 친구를 만나는 것도 좋지만 마음껏 우리말로 수다를 떨면 낯선 여행자의 기분을 잠시나마 벗을 수 있을 것 같았다.

덜컹거리는 지하철을 타고 친구를 만나기로 한 역을 몇 번씩 다시

이 세상에 _____

나 혼자라고 청승을 떨고 있을 때쯤

오랜 친구가 떠올랐다. _____

세어가면서 도착했다. 타지에서 친구를 만나자 눈물이 날 만큼 반갑고 기뻤다. 영국의 힘든 유학 생활에 대한 이야기며 그동안 어떻게 지냈는지, 여자친구는 생겼는지, 공부는 잘 되는지, 영국에서는 어디가 싸고 맛있는지 등등 물었다. 마치 천군만마를 얻은 듯 개선장군처럼 거리를 누비는 내 모습을 보고 친구는 묘하게 웃었다. 그런 모습이 아마 유치하기도, 우습게 보이기도 했으리라.

조울증이 아닐까? 바닥까지 쳤던 마음이 이렇게 친구 덕분에 금세 달라질 수 있는 것에 감사했다. 온기가 느껴지는 타국에서의 밤이 빠르게 흐르는 것이 못내 아쉬웠다.

친구의 게스트 하우스에서 잠을 청하기로 하고 집에 가는 길 근처 마트에 들러 이름도 모르는 처음 보는 보드카를 샀다. 보드카가 싸기도 했지만 소주랑 비슷해 취하기도 좋고 오랜만에 회포를 풀기에도, 여독을 날리기에도 그만이었다.

친구와 함께 살고 있는 한국 친구들을 소개 받고 나자 어색한 분위기는 온 데 간 데 없어지고 오랜 친구처럼 우리는 격 없이 즐겼다.

그날만큼은 친구가 만들어주는 한국 음식에 푹 빠졌다. 간만에 맡아보는 김치 냄새에 달달 볶은 기름이 더해지니 늦은 저녁 온 집 안이 고

소함으로 가득 찼다. 큼지막한 소시지를 썰어 넣고 찌개도 끓였다. 유학생의 살림이 넉넉하지 않다며 미안해하는 친구의 마음은 영국 소시지만큼이나 두툼하고 넉넉해서 든든했다. 어떤 음식들보다도 그 마음이 너무나 고마웠고 세상에서 제일 맛있는 저녁과 술안주를 맛볼 수 있었다.

보글보글 끓던 영국식 김치찌개, 얼굴이 발갛게 달아오르게 만들었던 이름 모를 보드카도 우리들의 온기만큼 뜨겁지는 않았을 것이다.


그리움이란 것! 고향에 대한 마음이란 게 아마도 이런 맛인지 모르겠다. 미흡해도 이해할 수 있는 맛. 우리가 맛보고 즐기는 모든 것이 어쩌면 감정의 맛일 것이다.

만나고 싶고 보고 싶고 어루만지고 싶은 마음, 몇날 며칠을 애타게 기다리고 속이 까맣게 타들어갈 만큼 무언가를 그리워해본 적이 있는가?

보고 싶은 사람이 밤새 눈앞에 아른거려 한숨도 못 잔 경험은 누구나 있을 것이다. 욕망이지만 마음이 가는 그 방향이 바로 그리움의 맛이 아닐까?

나는 친구가 영국에서 돌아오는 날만 기다리고 있다. 마음을 담아 푸짐하고 정성이 가득한 한 끼를 만들어 대접하고 싶다.

그날의 온기를, 얼마 보내지 않은 내 인생의 몇 안 되는 따스한 밤으로 내내 기억하고 있다는 걸 친구는 아마 모를 거다. 낯선 타지에서 얼마나 행복했었는지, 고마웠었는지 말이다.

그날의 온기를,

얼마 보내지 않은 내 인생의

몇 안 되는 따스한 밤으로 내내 기억하고 있다는 걸

친구는 아마 모를 거다.

그리움이 버무려진
타국에서의

## 김치토마토
## 소시지볶음

### 재료

그리움 한 컵, 소시지 100g, 김치 100g, 브로콜리 30g, 양파 30g,

만가닥버섯 20g, 토마토소스 1/2컵, 식용유, 참기름 약간

### 만드는 법

1. 소시지는 칼집을 넣어서 준비하고 김치는 속을 한 번 씻어서 먹기 좋게 썰어준다.

2. 브로콜리, 양파, 버섯도 잘라서 준비한다.

3. 팬에 오일을 살짝 두르고 열이 오르면 소시지를 볶다가 김치를 넣고 달달 볶아준다.

4. 어느 정도 김치가 익으면 채소들을 함께 넣고 볶다가 토마토소스를 넣어 센 불에 볶은 뒤 참기름 한 방울 넣어주면 완성이다.

미흡해도 이해할 수 있는 맛.

우리가 맛보고 즐기는 모든 것이

어쩌면 감정의 맛일 것이다.

# Coat
## 낯섦음의 맛

# 무인도의 밤은
# 외롭지 않다

2013년 모 방송 프로그램의 섭외로 고트라는 섬에 갔었다. 남태평양에 떠 있는 로망과도 같은 섬 티니안. 처음 방송 섭외가 왔을 때 짝을 매칭하는 프로그램이라는 걸 알면서도 오랫동안 가지 못한 여행에 욕심이 생겨 덥석 출연을 결정했다. 인터뷰도 하고 신체검사도 받았다. 예상했던 로맨틱한 기분은 전혀 느낄 수 없었지만 그래도 얼마나 좋은 경험이 되겠냐며 마냥 좋아했었다. 여행도 하고 용돈도 벌고 일석이조가 아닌가? 더불어 내 천생연분을 만날 수 있을지도 모른다는 묘한 기대감에 내 몸은 들썩이고 있었다.

특히나 그 여행이 더 매력적이었던 것은 바로 무인도 때문이었다. 아무나 쉽게 경험할 수 없는 바로 그곳 무인도! 이 세상에 사람이 없는 곳이 진짜 있을까 하는 의심을 그때까지 완벽히 지울 수가 없었다. 원래부터 호기심이 강해 눈으로 몸으로 직접 확인하지 않으면 참지 못하는 성격이 방송 출연을 결심하게 된 결정적 계기였다.

무인도로 함께 갈 출연자들을 낯선 이들이 모이는 공항에서 처음 만났다. 서로의 직업도 나이도 학벌도 사회에서 요구하는 무언가가 모두 다 빠진 그저 인간으로서의 만남. 그 순간 우리가 경쟁하고 있었다는 것이 지금도 생생하게 기억이 난다. 그리고 재빠르게 서로를 관찰하고 특징을 잡아내고 있었다. 인간의 생리인지 모르겠다. 그 짧은 찰나에 서로에게 관심 없는 척 담담하게 서로를 관찰하고 있었다. 묘한 수컷들의 본능을 느낀 인생의 첫 경험이었다.

그런 주관적인 기준들로 서로를 각인시키며 불편하고 재미없게 긴장된 채로 비행기를 타고 한국을 떠났다. 조금만 우리끼리 대화를 하려고 하면 제작진들이 중단시키며 서로에 대한 유대감이나 정보가 유출되는 것을 방지하려고 했다. 그때 난 스스로를 객관적으로 볼 수 있었다. 나란 사람은 자기 이야기하는 걸 참 좋아하는구나 하는 생각이 들

64

# 인간의 생리인지 모르겠다.

그 짧은 찰나에 서로에게 관심 없는 척 담담하게

서로를 관찰하고 있었다.

묘한 수컷들의 본능을 느낀 인생의

첫 경험이었다.

었다. 어찌나 입이 근질근질했던지……. 하지만 개인적인 이야기를 빼니 도통 할 얘기가 없었다. 그렇게 다섯 시간을 날아서 도착한 곳이 티니안이었다.

관광객이 많지 않고 여유로움이 흐르는 평화로운 섬이었다. 우리나라로 따지면 시골과 같은 한적함이 더 어울리는 곳이었다. 휴양지 삼아 왔다면 참 좋으련만 여행의 기분에 젖을 만하면 제작진들이 다시 각성을 시켜줬다. 놀러온 게 아니라는 것, 촬영을 하러 왔다는 것, 여기는 우리가 실시간으로 경쟁해야 하는 곳이라는 걸 말이다.

그렇게 전날 낯선 곳에서의 밤을 맹숭맹숭하게 보내고 아침 일찍 고트 섬으로 가는 여정을 시작했다. 티니안은 휴양지이지만 고트 섬은 섬의 이름처럼 오직 염소만이 살고 있는 섬이다. 티니안에서 40분 정도 보트를 타고 가면 만날 수 있는, 사람을 거부하는 섬, 고트!

하지만 가는 내내 보석과 같이 반짝이는 초록빛 바다와 그 물결에 부딪쳐 부서지는 태양 빛이 눈을 멀게 할 정도로 아름다웠다. 아름다운 바다는 내리쬐는 태양의 뜨거운 열기마저도 잊게 만들었다. 넘실대는 파도 넘어 코끝을 간질이는 짠 바람도 좋았다. 방금 전에 느꼈던 긴장감과 낯설음은 큰 자연 앞에서 하염없이 녹아버렸다.

낯섦이란 게 어찌 보면

이중적인 코드를 지니고 있는지도 모르겠다.

새로움의 다른 말이자 어색함,

자신에게 익숙하지 않은 것들을

우리는 낯설다고 이야기한다.

낯섦이란 게 어찌 보면 이중적인 코드를 지니고 있는지도 모르겠다. 새로움의 다른 말이자 어색함, 자신에게 익숙하지 않은 것들을 우리는 낯설다고 이야기한다. 맛 또한 그렇다. 새롭고 신기한, 난생 처음 접해본 것들은 좋거나 나쁘거나 둘 중 하나로 극단적으로 나뉜다. 평생을 살면서 전혀 맛보기 싫은 음식이 있는가 하면 첫 맛에 매료되어 평생을 그 맛의 마니아가 되기도 한다. 본능적으로 당기는 맛이기도 하고 학습을 통해 얻어지는 문명의 맛이기도 한 이 낯설음의 맛! 비단 인간 관계에만 존재하는 건 아닐 거다.

아무것도 묻지 않아도 서로에게 공감대가 생기는 신기한 경험……. 한국에서 늘 스마트폰으로 이메일 체크에 페이스북과 트위터를 하느라 쉴 새 없이 바삐 움직이던 내가, 우리가 그날은 온전히 자연만을 느끼며 정처 없이 몸을 맡기고 즐기는 무아지경이었다.

그저 웃음이 나왔다. 뭐가 좋은지도 모르고 그냥 푸른 바다를 내달리며 좋아라 하며 연신 미소가 퍼졌다. 쉴 새 없이 우리를 촬영하던 카메라맨들과 피디들도 사각 프레임 속의 자연에 넋을 잃었으리라. 몇 장의 사진으로 설명하기엔 너무나도 아쉬운 곳이지만 달리 전할 방법이 없는 게 그저 아쉬울 뿐이다.

그렇게 도착한 고트 섬! 사람이 살지 못하는 이유도 살 수 없는 이유도 자연스레 알게 되었다. 산호섬으로 이루어진 이곳은 배가 접안하기도 힘들뿐더러 찬란히 빛나는 아름다운 파도가 어마어마한 거품으로 부서지는 곳이었다.

바다에 뛰어들라는 가이드의 말에 따라 우리는 구명조끼를 입고 하나둘 바다에 뛰어들었다. 그 푸른 바다에 뛰어들 때는 마치 세상의 짐을 다 벗어버리는 것 같은 기분이었다. 이런 기분을 어디서 느낄 수 있을까? 아무것도 없이 오직 생존만을 생각해야 하는 곳.

자동차의 경적소리도 사람들의 말소리도 음악소리도 없는 그 묵음의 공간. 그 안으로 하나둘씩 말없이 뛰어들어 우리는 고트 섬에 다다랐다. 부서지는 물거품만이 귓전을 맴돌고 빛나는 태양이 수면 위에서 반기고 있었다. 지금 다시 생각해도 '아름답다'라는 말 밖에 떠오르지 않는 고트 섬.

섬에 첫 발을 내딛자 땅은 온통 뾰족뾰족했다. 산호가 죽어 돌처럼 단단해진 섬은 죽은 듯 고요했다. 거친 풀들과 숲 냄새 그리고 말없이 서로를 위로하는 눈빛만이 있었다. 그렇게 서로의 눈빛을 위안 삼아 한 시간여 정글을 헤치고 들어가니 우리가 머물 곳이 나타났다. 머물 곳이라

부서지는 물거품만이 귓전을 맴돌고

빛나는 태양이 수면 위에서 반기고 있었다.

지금 다시 생각해도

'아름답다'라는 말 밖에 떠오르지 않는

고트 섬.

푸른 바다에 뛰어들 때는

마치 세상의 짐을 다 벗어버리는 것 같은 기분이었다.

이런 기분을 어디서 느낄 수 있을까?

아무것도 없이

오직 생존만을 생각해야 하는 곳.

고 한 이유는 그곳이 그냥 숲 속이었기 때문이다.

숙소나 게스트 하우스, 텐트도 없는 맨땅에 우리는 남겨졌다. 모든 것을 우리들의 의지와 노력으로만 살아가야 하는 완전한 원시 상태로 말이다. 다시 생각해도 웃음만 나온다. 서로 아무것도 모르는 여섯 남자가 도착한 곳은 그저 나무만 우거진 그늘이었다. 일반적인 여행이라면 짐을 풀고 뭘 먹을지 어디를 둘러볼지 고민해야 하는데 우리는 일단 그날 밤 묵을 집을 먼저 만들어야 했다.

나무를 베고 줄기를 잘라다가 기둥을 세우고 야자수와 근처에 있던 잎이 무성한 나무를 베어다가 움막처럼 집을 짓고 각자 가져온 생존도구들을 이용해서 집을 완성했다. 그렇게 무인도의 첫날은 집만 짓다가 하루가 다 가버리고 말았다.

몸은 이미 천근만근이었고 그곳은 물 한 방울도 나지 않는 무인도였다. 우리들은 군대에 다시 온 것 같다는 말만 되풀이했다. 하지만 투덜대도 달라지는 건 없으니 각자 할 수 있는 일을 찾아 하고 도우며 집을 만들어갔다. 야자수를 장판처럼 깔고 나니 금세 그 어떤 집보다도 편안하고 안락한 집이 만들어졌다. 나이도 모르고 서로에 대해 아는 것도 없지만 우리들은 서로 형님이라고 부르며 있는 그대로 받아들이기 시작했다.

어린아이 같았다. 아무것도 없이 순수하게 있는 그대로를 받아들이고 움직이고 행동하는 것들이 단순하기도 하지만 심플하고 좋았다. 늘 담백하게 단순하게를 외치던 나 역시도 진정한 심플의 멋이 무엇인지 조금이나마 이해하고 깨닫는 밤이었다.

사람이 혼자 살 수 있을까? 전혀 모르는 타인들과 함께 몸을 부비며 땀내가 진동하는 움막에서 잠드는 밤이 왜 그리도 정겹고 위안이 되던지……. 기회가 된다면 모든 이에게 꼭 그런 여행을 경험해보라고 권하고 싶다. 누가 무슨 생각을 하는지 알 수 없어도 지금 이 순간 우리는 같은 배를 탄 동지니까 말이다. 사람의 온기가 얼마나 소중하고 예쁜지 느낄 수 있으니까 말이다.

음식도 그렇다. 홀로 좋은 맛을 내는 식재료는 극히 드물다. 완벽한 온전체는 존재할 수 없기에 우리는 멋진 요리를 만드는 건지도 모르겠다. 그 작은 과정 속에서 서로를 보완하고 이해하고 맞춰주고 감싸주는 것, 그게 바로 요리의 조화이고 마법 같은 힘일지도 모른다. 그 맛을 보지 못한다면 아마 인생도 요리도 제대로였다고 말하는 건 힘들지 않을까.

우리는 그렇게 섞이면서 때로는 자신을 조금 희생하고 양보하고 이해하면서 살아가는 것이 아닐까…….

그렇게 섞이면서

때로는 자신을 조금 희생하고

양보하고 이해하면서

섬을 닮은 낯선 맛
고트의

# 무스비

## 재료

김 2장, 밥 1공기, 스팸 1개, 달걀 2개, 참나물 100g

양념재료 : 참기름 1작은술, 소금 한 꼬집, 다진 파 1작은술

## 만드는 법

1. 참나물은 참기름, 다진 파, 소금으로 살짝 밑간을 해준다.

2. 스팸은 두툼하게 썰어서 팬에 지져서 준비한다.

3. 달걀은 곱게 풀어서 조금 두툼하게 달걀말이로 준비해둔다.

4. 스팸 용기에 랩을 깔고 밥을 깔고 그 위에 준비한 재료들을 차근차근 올리
고 다시 밥을 올려서 꼭꼭 눌러준다.

5. 랩에 담긴 채로 꺼내 김으로 싼 뒤 썰어주면 완성이다.

무스비는 하와이안 김밥이다.

제2차 세계대전 때 하와이에서 조업이 금지되어

생선 대신 스팸을 이용해

초밥을 만들어 먹은 것에서 유래했다.

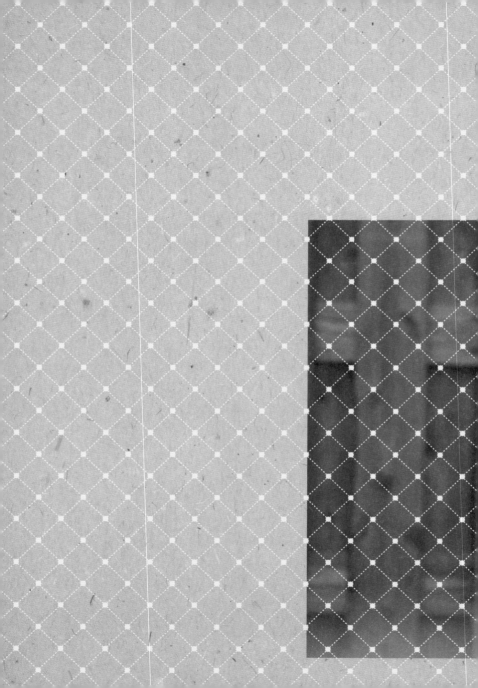

# Fukuoka
## 따스한 마음의 맛

# 친절한
# 오니기리

늘 떠날 준비가 되어 있는 나에게 언제부터인가 한 가지 풀리지 않는 강박관념이 생겼다. 여행을 가면 무엇이든 무조건 많이 담아와야만 한다는 생각이 바로 그것이었다. 너무나 당연하게 그렇게 행동을 했고 그래야만 한다는 의무감이 있어서 무의식중에도 작은 팸플릿이며 입장권, 기차표에 지하철표, 토큰 그리고 하루의 여독을 풀면서 사먹었던 편의점의 맥주 영수증까지……. 그곳의 정취가 담긴 것들은 죄다 가방 안에 쑤셔 담곤 했었다. 그것들이 없으면 기억들이 날아가버리기라도 할 것처럼 집착적으로 여행의 작은 편린들을 봉인해서 내 방 안에 차곡차곡 쌓아두기 시작했다. 그러다가 이사라도 가려고 하면 여기저기서 툭툭 터져 나오는 편린들의 원망 섞인 얼룩들 때문에 이삿짐을 싸다 말고 한참을 보다가, 웃다가, 짐 싸기를 멈췄던 적이 여러 번이었다. 그런 내 여행 스타일을 바꿔놓은 계기가 바로 일본이었다.

가깝고도 먼 나라 일본! 어쨌거나 말로만 듣던 일본을 가게 된 건 보너스처럼 생긴 휴가 덕분이기도 했지만 오래 전부터 친했던 동생과의 급작스런 충동질 때문이었다. 완벽한 즉석 여행이었다.

자주 공항을 들락거리던 나는 이번에는 비행기가 아닌 배를 타고 일본에 가기로 했다. 말 그대로 가까운 나라 일본 아니던가? 이리저리 인터넷을 누비면서 어떻게 하면 가장 저렴하고 알뜰하게 다녀올 수 있을지 한창 열을 올리며 알아봤다. 한번 발동이 걸리면 쉽게 제어가 안 되는 타입의 성격이라 밤을 지새우면서 이리저리 경로를 알아보고 계획을 세웠다. 인터넷 활용도 잘하고 정보에도 민감하고 현대적인 내가 일본을 남들처럼 패키지로 간다든가 혹은 남들이 다녀온 코스를 그대로 따라다니는 건 자존심을 걸고라도 절대 하지 말아야 하는 일이라고 그때 생각했었다.

보통은 일 때문에 가거나 목적이 있어서 가는 여행이 대부분이었는데 이번만큼은 목적 없이 그저 관광지를 돌아보고 스스로에게 휴식을 주자는 생각에 비교적 여유로운 여행 계획을 세웠다. 그런데 어느새 내 다이어리는 반드시 가봐야 할 곳들과 놓치지 말아야 할 맛집들로 빼곡하게 쌓여가고 있었다.

마치 고등학교 시절 필기에 열을 올리느라 정작 중요한 것들은 놓치던 나의 모습이 오버랩 되면서 알록달록하게 별표와 밑줄을 넣어가며 선생님께 검사라도 받아야만 할 것 같은 계획들이 넘쳐나기 시작했다. 유명한 관광지, 신사, 밤 문화, 맛집, 소품 가게들을 시간대별로 촘촘하게 나누어 짠 나의 여행 계획표는 1초 단위로 움직여야 하는 흡사 아이돌의 스케줄만큼이나 바쁜 계획표였다.

아, 지금 내가 뭐하는 거지?

욕심이 많아 한군데도 빠짐없이 가보려고 팍팍한 계획을 세웠다. 본전을 빼고 와야겠다는 생각이 그득그득 들었던 게 분명했다.

일단 다 접자! 그냥 아무 생각 없이 움직이자. 후배 녀석은 애초에 계획 없이 가기로 한 걸 그대로 실천해 아무런 준비도 하지 않은 상태였다. 그래, 오히려 잘됐다. 이번 여행은 그렇게 가자.

서울에서 부산으로 가는 기차표를 예매하고 더불어 부산항에서 후

쿠오카로 가는 배편을 예약했다. 너무 편하게만 여행을 다닌 게 아닌가 하는 생각이 들었다. 비행기 한 번 타고 그 나라의 심장부에 탁 내려서 바쁜 샐러리맨처럼 제 갈 길을 쉴 새 없이 가던 지난날의 나를 떠올리곤 또 한 번 실소했다.

3박 4일의 일본 여행이라 짐도 많지 않았다. 그저 한 가지 버릴 수 없었던 건 바로 카메라였다. 많이 찍고 오자는 욕심에 콤팩트 카메라부터 수동카메라, DSLR까지 챙겼다. 내가 가진 것 중 가장 비싼 것이 카메라 가방이 되어버렸다. 사진만큼은 포기할 수가 없었으니까……

아침 일찍 서울역에서 KTX를 타고 부산으로 향했다. 오랜만이라 그런지 진짜 여행하는 기분이 들었다. 새삼스럽게 세상이 살기 좋아졌다는 생각이 들었다. 수원을 지나 대전을 거쳐 대구를 지나 빠르게 순식간에 순간 이동을 하는 것처럼 느껴졌다. 그러면서 한편으로는 빠르게 지나치는 게 너무 많구나 하는 생각도 들었다. 사람이 그렇다. 급할 땐 그리도 느리게만 느껴지던 기차가 여행을 간다고 생각하니 너무 빠르다고 타박을 하고 있다니. 어찌됐던 오랜만에 기차 안에서 드는 이런 저런 감정들을 쓸데없는 생각들과 함께 정차하는 역마다 남겨두고 부산역에 도착했다.

사진을 워낙 좋아하고 잘 찍는 후배라 나와 마찬가지로 카메라를 잔뜩 들고 왔으리라 생각했는데 아니었다. 그냥 스냅용 사진기 하나 들고 단출하게 온 그 녀석을 보면서 진짜 단순하고 멋진 녀석이라고 생각했다. 아니면 내가 너무 복잡하게 살고 있는 건가 하는 회의도 들었다. 이유야 어찌됐던 우리 둘은 말없이 수속을 밟고 각자가 생각하는 일본 여행으로 빠져들었다.

일본으로 가는 배는 조용하고 빨랐다. 넘실거리는 파도를 따라 내 눈도 움직였고 그 너울을 따라 내 몸도 춤을 췄다. 그렇게 운치 있는 여행의 시작이 몸으로 느껴지기 시작했다. 그것도 잠시, 벌써 여독이 올라오는지 우리 둘은 이내 깊게 잠들었다.


얼마나 지났을까?

낯선 언어가 귓가를 때렸다.

여행의 시작을 알리는 신호! 미지의 누군가가 우리를 깨우기 시작했다. 점잖은 아저씨는 눈짓과 몸짓으로 배가 일본에 도착했음을 우리에게 알려줬다.

여행의 그런 기분, 누구나 느껴본 적이 있을 것이다. 단잠을 자고

기지개를 한 번 거하게 켜고서는

짐을 챙겨 일본 땅을 밟았다.

유럽이나 더 먼 곳도 많이 다녀봤지만

일본은 처음이었다.

있는데 깨웠을 때 괜히 짜증이 나고 몸이 찌뿌둥한 게 아무것도 하기 싫은 느낌. 몽롱한 우리 둘은 그런 상태였다.

아, 벌써 도착한 건가?

아침에 학교 가라고 어머니가 몇 번이고 뒤흔들어 깨우던 느낌. 5분만 더 잔다고 애원해도 이내 엉덩이를 치면서 잠을 깨우던 느낌. 그 느낌이었다. 자꾸 시트 속으로 몸을 파묻고 싶었지만 그랬다간 다시 배를 타고 한국으로 가게 될 것 같았다. 기지개를 한 번 거하게 켜고서는 짐을 챙겨 일본 땅을 밟았다. 유럽이나 더 먼 곳도 많이 다녀봤지만 일본은 처음이었다.

항구에 도착해서 간단하게 주변을 둘러보면서 우리는 리무진 버스를 마다하고 걷기 시작했다. 그저 있는 그대로의 일본을 느끼겠다며 의지에 불타는 두 한국인은 짐을 메고 정처 없이 시내라고 생각되는 방향을 향해 발걸음을 내디뎠다.

아마도 누군가가 우리를 봤으면 분명 어디로 가는지 목적지를 알고 가는 것이라 확신했을 거다. 하지만 우린 그냥 감 하나만 믿고 시내 쪽일 것이라 생각되는 쪽으로 걸었다.

얼마쯤 걸었을까?

그저 있는 그대로의 일본을 느끼겠다며

의지에 불타는 두 한국인은

짐을 메고 정처 없이 시내라고 생각되는 방향을 향해

발걸음을 내디뎠다.

걷고 걷고 너무 많이 걸어서 배가 고파진 우리들은 일단 어디라도 들어가서 밥을 먹으며 이곳이 대체 어딘지 가늠하고 그 다음에 어디로 갈지 정하려고 했다. 그런데 보이는 곳이라고는 패밀리 레스토랑뿐이고 더군다나 인적이 없는 곳이어서 그런지 꽤나 가격이 비싸 도저히 먹을 엄두가 나질 않았다. 일단은 편의점을 찾자. 그리고 일본어 회화 책을 보면서 더듬더듬 말을 걸어보자. 하지만 용기 없는 이 두 숙맥은 입으로만 일본어를 읽을 뿐 단 한마디도 내뱉지 못했다. 그렇게 해가 뉘엿뉘엿 저물어가고 있었고 이내 공포심까지 들었다. 이렇게 일본에서 길을 잃고 밤을 지새워야 하는 게 아닌가 걱정이 되었다.

그렇게 두리번거리면서 편의점 앞을 서성일 때 어느 여자 한 분이 자전거를 끌고 지나가고 있었다. 우리는 아니 정확히 말하면 후배가 그녀에게 말을 걸었다. 살짝 놀란 그 여자 분은 이내 우리가 들고 있던 회화 책을 보더니 하이 하이를 연발하면서 우리를 안심시켰다.

잘은 몰랐지만 손짓으로 여기 있어라, 움직이지 말고 여기 있으라고 당부하는 것 같았다. 그러고선 자기 집이 저쪽이니까 다녀오겠다고 마임처럼 이야기했다. 십여 분을 기다렸더니 그녀가 집에 갔다가 다시 뛰어오고 있었다. 알고 봤더니 그녀는 자전거를 집에다 놓고 다시 우리

그렇게 두리번거리면서 편의점 앞을 서성일 때

어느 여자 한 분이 자전거를 끌고 지나가고 있었다.

에게 온 것이었다. 그리고선 우리에게 어디로 가고 싶은지 지도에서 짚
어보라고 시늉을 했다.

　우리는 지도를 펼쳐서 중심 시내로 가고 싶다고 이야기했다. 그러
더니 그녀는 갑자기 택시를 잡았다. 택시를 잡아서 설명해주려나 생각했
다. 우리를 뒷자리에 태우고 그녀는 앞에 타더니 어디로 가달라고 말했
다. 한참을 우리는 서로 쳐다보면서 이게 무슨 상황인지 의아해했다.

　"뭐지?"

　"어떻게 하지?"

　"형, 택시비를 우리가 내자. 그러면 되지 않을까?!"

　우리는 올라가는 미터기만 보면서 속으로 침을 꼴깍꼴깍 삼켰다.

　아, 비싸다. 잘도 올라가네. 아까 리무진 버스 타고 갈 걸……

　수많은 생각이 짧은 순간에 스쳐 지나갔다. 그렇지만 좋았다. 깔끔
한 택시도 예의 바른 기사님도 상냥한 그녀도. 이내 네온사인들이 켜지고
조명이 즐비한 시내로 들어섰다. 한숨 놓았다. 이제 살겠네. 숙소도 예약
하지 않은 우리들에겐 그 불빛이 마치 천사의 날개처럼 빛나 보였다.

　이윽고 큰 백화점 앞에서 택시는 멈춰 섰다. 7000엔을 조금 넘긴 미

터기를 보고 우리 둘은 얼른 손에 쥐고 있던 돈에 조금 더 돈을 보태서 앞자리로 재빨리 내밀었다. 하지만 그녀는 돈을 극구 사양했다. 자신도 볼일이 있어서 온 거라며 일어와 영어를 섞어서 우리에게 이야기하고는 즐거운 여행이 되길 바란다며 휙 하니 돌아섰다.

우리는 그렇게 헤어질 수가 없어서 그녀의 이름과 이메일 주소를 물어보았다. 너무나 친절하게 우리를 구제해준 그분에게 나중에라도 은혜를 갚을 목적이었다. 하지만 정말 괜찮다며 그저 즐거운 여행이 되길 바란다는 말만 남기고 그녀는 서둘러 군중 속으로 사라졌다.

그녀는 진짜 천사였던 걸까?

아무리 친절하다고 해도 이렇게 도움을 주고 그것도 모자라 우리 손에 오니기리까지 쥐어줄 수가 있을까……. 그게 진짜 일본의 맛이었을까? 소박하지만 담백한 마음이 담긴 슴슴한 오니기리가 그녀를 닮았다. 다시마를 넣어 갓 지은 밥에 기본 간을 하고 명란, 그해 담근 우메보시를 넣어 깔끔하게 만든 오니기리처럼 심플하지만 가슴 속 깊은 곳에서 우러나오는 그 친절에 저절로 마음이 따스해졌다.

요리도 그런 게 아닐까?

화려하고 뛰어난 스킬의 요리가 아닌 상대방을 향한 배려와 마음이 담긴 소박한 음식이야말로 진정한 맛이 아닐까. 여러 양념을 더하지 않았을 때 오히려 원재료가 가지고 있는 본연의 맛을 표현하고 전달할 수 있을 거란 생각이 들었다.

예전에 요리를 할 때 남들이 안 쓰는 혹은 다양한 양념들을 이용해서 어떻게든 화려한 기술을 보여주기 급급했었는데 그 일을 계기로 조금 더 담백하게 소박하게 그러나 진심을 담아 요리해야겠다는 마음이 움트기 시작했다.

그때 그 일을 생각하면서 가끔씩 담백하게 주먹밥을 만들어본다. 오니기리를 닮은 우리의 주먹밥을 보면서 또 한 번 요리에 대한 내 초심을 되새겨본다.

아무리 친절하다고 해도

이렇게 도움을 주고 그것도 모자라

우리 손에 오니기리까지

쥐어줄 수가 있을까……,

그게 진짜 일본의 맛이었을까?

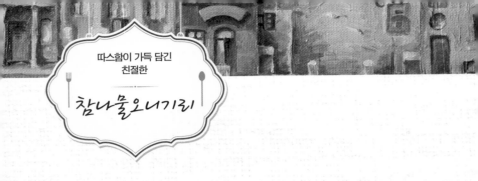

## 재료

밥 200g, 참나물 10g, 소금 1큰술, 참기름 1작은술, 통깨 약간

## 만드는 법

1. 참나물은 잘게 다져서 소금과 참기름으로 살짝 밑간을 한다.

2. 따뜻한 밥을 큰 볼에 넣고 밑간한 참나물과 통깨와 소금을 넣고 잘 비벼준다.

3. 먼저 소금물을 준비해두고 손에 물을 묻힌 다음 밥을 삼각형 모양으로 만든다.

4. 뜨겁게 달군 프라이팬에서 앞뒤로 노릇하게 지져내면 완성이다.

화려하고 뛰어난 스킬의 요리가 아닌

상대방을 향한 배려와

마음이 담긴 소박한 음식이야말로

진정한 맛이 아닐까.

# Fukuoka
## 희망의 맛

# 바스락거리는
# 그대들을 위한 골목길

수십 가지 타이틀을 가지고 있는 내가 아닌, 세상에 보여지는 타이틀을 버리고 집을 나선다.

낯선 이에게 아무런 계산 없이 있는 그대로를 보여주기 위해 용기를 내 길을 나선다. 가끔은 내 앞에 붙는 수식어 덕에 다양한 경험도 하고 스스로 만족하는 삶을 살고 있긴 하지만 때로는 오만 방자하게도 그 모든 것을 훌훌 털어버리고 떠나고 싶은 생각이 들 때 여행 생각이 아주 간절해진다.

어느 방향도 없이 거리를 걷는다. 목적지도 없고 그저 사람들의 흐

흘러가는 사람들 속에서

문득 알 수 없는 내음이 풍겨온다.

꿈의 달콤함이 느껴진다.

름에 몸을 맡긴 채 유유히 흐른다. 구름을 따라 가듯 떠간다. 물길 따라 흘러가는 잎사귀처럼 그저 그렇게 흐른다. 바쁜 생활 속에서 자신의 무언가를 향해 달리고 있는 사람들이 스치는 차보다 더 빠르게 지나간다.

흘러가는 사람들 속에서 문득 알 수 없는 내음이 풍겨온다.

꿈의 달콤함이 느껴진다. 자신이 원하는 무언가를 위해 노력하고 바삐 움직이는 이름 모를 타인에게서 봄이 스쳐 지나가는 바람의 향기가 코끝에 전해진다. 내 마음도 다시 들뜨는 것 같다. 돋아나는 새싹들의 풀내음도 나고 쨍한 햇볕의 기운을 담은 후끈한 열기의 향도 풍겨오고 보름달을 닮은 듯 은은히 대지를 비춰주는 풍성함이 담긴 여유로움이 전해지기도 한다.

하지만 그것뿐이랴…….

온통 공허함으로 가득 찬 텅 빈 공간의 냄새도 퍼져온다. 나 역시 그랬다. 조금만 건드려도 바스러질 것만 같이 푸석푸석하고 건조했었다. 그저 그런 나였다. 물론 지금은 그때보다는 조금 나아졌지만 그렇다고 해서 현실 속의 내가 완벽하거나 이상적인 사람이라는 건 아니다. 공허한 냄새가 아닌 꿈의 향기를 내는 사람이고 싶다. 그런 바람을 담아 오늘 이 순간을 가슴에 담으리라.

지하철 유리창에 비친 자신의 모습을 초점 없이 바라보는 사람들이 빠르게 도시의 그림자처럼 흐른다. 삭막하다. 차갑다. 피로하고 지쳐서 부서지는 영혼들이 안쓰럽게 느껴진다. 나도 한때는 저렇게 부서질 듯 날카롭기만 했었다. 그 기억들이 거울 앞에 선 나를 보는 것만 같아 애처롭다.

그럴 때마다 생각나는 곳이 하나 있다.

집과 집 사이를 이어주는 거미줄 같은 골목길! 일본 후쿠오카, 골목길의 한적함이 너무나 좋은 곳이었다. 오히려 사람이 배경이 되던 그 한가로운, 여유가 느껴졌던 골목길. 인기척이 느껴지면 불편하기까지 했던 그 골목길을 어린아이처럼 한참이나 헤매듯 즐기며 다녔다.

우리는 어쩌면 그렇게 희미한 티를 내며 살아가는지도 모르겠다. 텅 빈 집 안에 비치는 간유리 사이의 희미하고 아련한 실루엣을 보며 그 집에 살 것만 같은 사람들을 상상해본다. 작은 집 창문 앞에 놓인 화분 하나에 당신은 생명의 성장을 즐기는 사람이라며 찬사를 보내기도 하고 방범창이 마치 감옥을 연상시키듯 촘촘한 그 집 앞에서는 답답함이 느껴져 괜히 빠른 걸음으로 지나쳐버리기도 했다.

한가로운 햇볕을 온몸으로 즐기는 고양이들을 만나서 인사를 건네

한가로운 햇볕을 온몸으로 즐기는
고양이들을 만나서 인사를 건네기도 하고,
아스팔트 사이로 핀 작은 들꽃에
마음이 흔들리기도 한다.

하지만 그것뿐이랴……

온통 공허함으로 가득 찬 텅 빈 공간의 냄새도

퍼져온다.

나 역시 그랬다.

기도 하고, 아스팔트 사이로 핀 작은 들꽃에 마음이 흔들리기도 한다. 좁은 담벼락 사이에 널린 빨래들을 보며 감상에 젖기도 한다. 낯선 곳의 일상은 나의 평범한 일상이 얼마나 소중한지 되돌아보게 만들어준다.

얼마나 걸었을까? 호텔에서 나와 한참을 걸었다.

도심을 가르는 강물에서 시골에서나 만날 것 같은 풍경들이 그려졌다. 낚싯대를 드리우고 흐르는 강물에 비치는 구름을 낚는 것처럼 한없이 여유로워 보이는 사내들을 만나기도 했다. 그 강가를 따라 놓여 있는 벤치에는 수줍은 연인들이 자신들만의 이야기를 나누며 강물에 비친 햇빛보다 아름답게 빛나고 있었다. 강물을 따라 걷다가 이내 골목으로 들어가니 마치 일본이 아닌 소소한 우리 동네 골목의 풍경이 이어졌다.

작은 학교 운동장에서는 아이들의 야구시합이 한창이었고 한쪽에서는 여자아이들이 자전거를 타고 뭐가 그리 즐거운지 골목이 울리도록 까르르 웃으며 내달리고, 이웃을 만난 아주머니들은 앞치마를 두른 채 대화를 나누는 여유로운 모습.

작은 골목길에서 사람의 흔적이 얼마나 아름다운지 맛보고 있는 것 같았다. 골목길만 덩그러니 있어도 좋지만 그 안에 있는 사람들이 만들어내는 이야기가 마치 한 폭의 그림처럼 너무나도 완벽하게 어울려서 행

작은 골목길에서
사람의 흔적이 얼마나 아름다운지
맛보고 있는 것 같았다.

복해 보였다. 생각해보면 별 것도 아닌데 그날 그 시간 그 골목길에서 난 분명히 행복을 맛보고 있었다. 골목과 골목을 이어주고 그 길 따라 수놓아진 도로의 차로가, 전선이, 빨래 줄이 바스락거리는 우리를 연결하는 것 같아서 반갑기까지 했다.

그렇게 이어지던 감상을 깨버린 건 바로 나의 공복이었다. 어찌나 정확한지 꼬르륵 소리가 골목길에 울리는 것 같아 혹시라도 누가 들었을까 봐 몇 번이고 아무도 없는 골목길을 뒤돌아봐야만 했다.

한참을 걷다 보니 놀이터가 나왔다. 그리고 근처에 신기하게도 도시락을 파는 아주머니가 나타났다. 인적 하나 없는 그곳에 간이 테이블을 펼쳐놓고 파는 350엔짜리 도시락이 참 먹음직스러워 보였다. 말은 안 통하지만 추측하건대 집에서 소일거리로 만들어서 점심때마다 나오시는 것 같았다. 하지만 나에겐 그날의 한정판 특제 도시락인 셈이었다.

회사 근처도 아니고 대로변도 아닌 곳에서 도시락을 파는 것이 신기했지만 그것도 잠시, 미칠 듯한 배고픔에 오아시스를 만난 것처럼 기쁘고 반가운 마음이 앞섰다. 고로케와 밥 그리고 밑반찬이 들어 있는, 더도 말고 덜도 말고 딱 한 끼를 때울 수 있는 도시락이었지만 어찌나 담백하고 또 소박했던지 가끔 그 맛이 혀끝을 맴돌 때가 있다.

신기하게도 음식은 그날의 기분과 기억 그리고 공기까지도 기억나게 해준다. 누구에게나 추억을 떠올리게 하는 음식 한 가지 정도는 있을 것이다. 그 골목길에서 난 추억을 만났고 맛봤고 그리고 지금도 일본의 골목길에서 만난 그 추억을 간직하고 있다.

지금도 일이 힘들거나 지칠 때면 골목길을 찾는다.

그 안에서 만날 수 있는 사람들의 향기를 따라 움직인다. 그곳에서 누군가가 꿈을 꾸고 만들어가고 노력하는 그 과정이 좋다. 비단 골목길뿐은 아닐 것이다. 하지만 그 작은 흔적들을 마치 보물지도처럼 따라다니는 것도 나쁘지 않다.

아직도 꿈과 현실 속에서 갈등하고 고민하고 아파하는 이들에게, 한번쯤은 다른 나라의 골목길을 헤매보라고 말하고 싶다. 환경은 달라도 비슷한 이야기들이 담긴 곳, 그리고 살아가야 하는 곳, 더불어 꿈이 자라나는 곳.

언젠가는 골목길에서 도시락을 팔고 싶다. 아니 꿈을 꾸는 이들의 허기진 배를 채워주고 싶다. 그렇게 꿈을 키울 수 있는 담백함을 담아서 사랑하는 사람에게 먹이고 싶다.

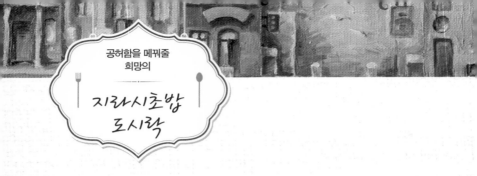

공허함을 메꿔줄
희망의

## 지라시초밥
## 도시락

### 재료

배합초 : 설탕 1+1/2컵, 식초 1컵, 소금 3큰술, 미림 7큰술, 레몬 1/2개,

다시마 1장

오이 30g, 연근 30g, 새우살 50g, 날치알 50g, 문어 100g, 연어 100g,

아스파라거스 2개

### 만드는 법

1.  밥은 고슬고슬하게 지어서 준비한다. 이때 다시마 한 장을 넣고 밥을 한다.

2.  배합초는 분량의 재료를 넣고 은근히 끓인 후 하루 재워둔다.

3.  오이, 연근은 얇게 썰어서 배합초에 재워서 준비한다.

4.  밥에 배합초를 1:1로 자르듯이 섞어서 준비한다.

5.  오이, 연근, 새우살, 날치알, 문어, 연어, 아스파라거스를 고루 섞어서 접시에

    담으면 완성이다.

신기하게도 음식은 그날의 기분과 기억

그리고 공기까지도 기억나게 해준다. 누구에게나 추억을 떠올리게 하는

음식 한 가지 정도는 있을 것이다.

# Anywhere
## 행복의 맛

# 볼을 스치는
# 바람이 좋다

볼을 스치는 바람이 좋다. 낯선 곳에서 맞이하는 일상은 왠지 모르게 더욱 로맨틱하다. 마음이 몽글몽글해지는 것이 은근히 무언가를 기다리게 된다. 정확히 꼬집어 뭐라 표현할 단어가 생각나질 않는다. 그저 막연하게 무엇이든, 무슨 일이든 생기길 바라는 마음이 그런 기분을 들게 하는지도 모르겠다.

철없던 어릴 적엔 그랬다. 동네 친구들 만나러 다니듯 여유롭게 해외를 다니면서 그들과 어울리며 살아가는 자유롭고 멋진 삶이 내게 오리라 생각했다. 노천카페에 앉아서 에스프레소를 홀짝거리며 바삭하고 노

특별할 것도 남다를 것도 없었다.

다른 환경과 생활문화 때문에 조금 낯설고

색다르게 느껴지는 기분들.

릇하게 구워진 프렌치 토스트를 크게 한입 베어 물고는 무언가에 골똘히 빠져 있는 모습, 친구들과 와인 한 잔에 꼬리꼬리한 향의 치즈를 먹으며 즐거운 한때를 보내는 모습들을 상상했다.

영화를 너무 많이 본 걸까? 지금도 생각하면 웃음이 난다. 지금 내 모습은 그런 상상 속의 모습은 아니지만 일 때문에 여기저기 다니다 보니 결국엔 사람 사는 게 다 거기서 거기라는 생각이 들었다. 특별할 것도 남다를 것도 없었다. 다른 환경과 생활문화 때문에 조금 낯설고 색다르게 느껴지는 기분들.

어쩌면 너무 일찍 깨달았는지도 모르겠다. 서글픈 일이기도 하다. 그렇다고 뻔하다고 생각하는 건 아니다. 어느 공간이든 인연이든 뿜어져 나오는 에너지는 참 좋으니까 말이다. 분위기, 은은히 느껴지는 공기의 잔상들. 익숙함이 주는 편안함을 벗어난 낯섦이 주는 긴장감과 설렘, 마치 로또를 기다리는 것처럼 아주 사치스러운 우연을 기대하는 미련한 마음 때문에 매번 여행은 새롭다. 산타할아버지가 없다는 것을 알면서도 크리스마스 선물을 기다리는 아이의 마음이랄까?

한참을 멍하니 바닷가 카페에 앉아 수평선에 마음을 맡긴다. 철썩거리는 파도소리에 리듬을 맞춰 심장 박동 수가 뛰는 것 같다. 생각은 생

분위기, 은은히 느껴지는 공기의 잔상들.

익숙함이 주는 편안함을 벗어난 낯섦이 주는 긴장감과 설렘.

마치 로또를 기다리는 것처럼 아주 사치스러운 우연을 기대하는 미련한 마음 때문에

매번 여행은 새롭다.

각을 물고 오고 이내 마음속 밑바닥까지 가라앉는다. 푸른 빛 파도가 하얀 거품으로 순식간에 부서지듯 망상 같은 생각들이 끝도 없이 터져버리고 사라져간다. 이상하게도 집 앞 카페에서는 수없이 많은 날을 아메리카노를 홀짝거려도 절대 안 되는 일이 하나 있다. 온전히 자신을 바로 보는 법! 생각하는 법! 객관적으로 쳐다볼 수 있는 용기와 시간을 갖는 법. 누군가를 의식하는 것도 아닌데 참 어렵다. 아니 집중을 할 수가 없다.

그래서 떠나게 된다. 아무도 모르는 타인들 속으로. 오로지 나 자신을 바라보기 위한 시간을 위해서. 몸의 안위보다는 마음속의 무언가를 찾기 위한 발걸음이 또 다음 발걸음을 내딛게 만든다. 바람이 불어오는 곳으로 마음이 이끄는 곳으로 정처 없이 떠돌지만 그 새로움이 좋다.

바람이 시작된 곳으로 향한다. 따스함이 느껴지는 곳으로 향한다. 낯선 이방인을 반겨줄 곳을 찾는다. 내 작은 몸뚱어리 하나 기댈 곳이면 족하다. 길을 가다 만난 어린 꼬마에게 꽃 한 송이를 선물로 받고 그 행복감과 따스함에 내내 마음이 풍족하다. 볼은 탐스럽게 익은 복숭아 같다. 깨물어주고 싶을 정도로 순수한 그들의 모습을 보니 가슴 한곳이 따뜻해져 온다. 감성이 숨 쉬는 게 느껴진다. 작은 일 하나에도 여태 지나쳐버렸던 일상의 소중함을 깨닫는다.

바람이 시작된 곳으로 향한다.

따스함이 느껴지는 곳으로 향한다.

낯선 이방인을 반겨줄 곳을 찾는다.

행복이란 바로 이런 거라고, 확신했다. 돈이 없어도 자신의 삶에 만족하고 여유를 즐길 줄 아는 인생, 그 맛 또한 달콤하면서 상냥하고 폭신한…… 마치 바람을 맛보는 듯한, 이것이 바로 행복의 맛이 아닐까 싶다. 난 그날, 행복의 맛을 느꼈다.

길가에 핀 꽃 한 송이에서, 놀이터에서 놀고 있는 아이들의 웃음소리에서, 저녁 밥 짓는 냄새로 가득 찬 골목에서도, 평소에는 잘 보이지도 않고 들리지도 않고 느껴지지도 않던 것들이 어느새 새로운 기분으로 온몸에 스며든다. 들꽃 향기가 난다. 섬유유연제도 넣지 않았는데 은은하게 퍼지는 그 향을 맡고 있으니 행복감이 스며든다. 소소한 것들이 우리에게 주는 것들. 여행을 다니면서 만났던 그 작은 기억들 하나하나가 온몸의 세포를 깨우는 것만 같은 느낌이 든다. 따스한 마음들로, 행복으로 내 몸이 이루어진 게 아닐까? 아니 내 마음이 그런 게 아닐까?

유치하지만 소녀 같은 질문들이 좋아진다. 그래서 여행이란 그 단어 자체가 좋다.

행복한 바람을 닮은

# 기모브
## (마시멜로)

## 재료

설탕 150g, 물엿 50g, 아가베시럽 50g, 물 50g, 달걀흰자 120g,

판 젤라틴 10g, 과일 퓌레 10g, 슈가파우더 1/2컵

## 만드는 법

1.  설탕, 물엿, 아가베시럽을 물과 함께 녹여서 온도를 높여 끓인다.

2.  달걀흰자를 올려서 준비한 뒤 만들어놓은 시럽을 넣고 빠르게 휘젓는다.

3.  미리 불린 젤라틴과 함께 믹싱한 뒤 온도가 조금 떨어지면 과일 퓌레를 넣
    어 색을 내준다.

4.  넓은 판에 슈가파우더를 곱게 뿌리고 그 위에 반죽을 넓게 펴 하루 정도 식
    힌 뒤 잘라주면 완성이다.

행복이란 바로 이런 거라고, 확신했다.

돈이 없어도 자신의 삶에 만족하고 여유를 즐길 줄 아는 인생.

그 맛 또한 달콤하면서 상냥하고 폭신한……

# Paris
## 외로움의 맛

# 외로움 하나
# 마카롱 둘!

몇 시간이나 잠들었던 걸까?

아무도 없는 방. 그 고요한 시간이 그리웠다. 오직 나의 온기만으로 가득 채워진…….

방 안 공기의 흐름이 바람처럼 느껴질 정도로 고요하고 적막하다.

내 숨소리와 시계바늘 소리만이 대화를 나누는 밤. 마음 속 깊은 곳까지 잠수를 한다. 숨을 참지 못할 때까지 깊이, 더 깊이, 있는 힘을 다해 본다. 일에 치여 도망자처럼 쫓기던 날들이 지나간다. 믿었던 사람에게 상처받았던 시간들을 지나 더 깊은 곳까지 잠수한다. 아무도 없는 수영

장에 혼자 덩그러니 남겨져 있다. 푸른 물속으로 한없이 빨려 들어가는 상상을 한다. 두렵지만 견딜 만하다. 숨이 막혀오지만 곧 괜찮아질 거라고 자위한다. 그렇게 지쳐 잠들었다가 아슴아슴 깨어 나와 혼자 중얼거린다.

여기가 어디지?

대답이 없다. 그저 바스락거리는 공기의 흐름만이 내게 대답한다. 나를 반겨주는 건 창 밖으로 희미하게 비치는 불빛과 시계바늘 소리뿐이다. 순간 생각했다.

외롭다…….

군중 속의 외로움이 싫어서 떠나온 이곳 프랑스에서도 나는 질척거리는 외로움과 함께였다. 한낮의 로맨틱한 태양도 인파 속의 낯섦도 모두 벗어버린 이 작은 방에서 또 외로움과 대면하고 있었다.

하지만 낯설지가 않다. 왠지 모르게 익숙한 친구 같았다.

서울의 밤이나 파리의 밤이나 어디든 사람 사는 곳은 같다는 생각이 문득 들었다. 마치 커다란 깨달음이라도 얻은 듯 그 각성의 순간을 놓

여기가 어디지?

치지 않으려 메모장에 몇 자 적는다.

'외로움도 괴로움도 모두 내 안에 있으니 밖에서 채우려고, 잊으려고 애쓰지 말자.'

혼자 끼적이다 피식 웃어버린다. 허세에 절은 마음이 나를 더 우습게 만드는 것 같아서 이내 쓱쓱 줄을 그어버린다. 무언가를 남기려 하고 채우려고만 하는 마음이 애처롭다. 그저 내 마음에 무언가 담으면 되는 것을……. 떨궈진 메모장 끝에 작은 박스가 눈에 들어왔다.

낮에 잠깐 스친 낯선 이에게 받은 마카롱이 담긴 작은 박스. 달달한 것을 그리 좋아하지 않는 나에겐 그저 예쁘기만 한 과자에 불과했지만 이 밤을 채우기엔 너무나도 충분했다.

낯선 이의 무심한 표현이 또 다른 이방인에게 따스한 애정처럼 다가온다. 이기적인 합리화로 스스로를 다독거리는 진풍경이 이곳 파리의 낯선 호텔방에서 이뤄지고 있었다. 그 작고 귀여운 과자를 한입 베어 문다.

바사삭.

부서지는 부스러기까지 모두 빨아들이고 싶었다. 동물적인 감각으로 베어 무는 순간 공기까지 빨아들이고 싶었다. 어쩌면 내 안에 든 외로움을 이 마카롱 하나로 달래주고자 작정한 듯 그렇게 한 조각의 달콤함도

무언가를 남기려 하고 채우려고만 하는 마음이 애처롭다.

바닥에 떨어뜨리기가 아까웠다. 어떻게 보면 집착에 가까운 야밤의 식탐이었다.

이 순간만큼은 서울의 밤이 아닌 파리의 밤을 느끼고 싶다. 아니 솔직히 외로움을 달래기 위해 습관적으로 하는 행동 중 하나다. 보지도 않는 TV를 켜 프랑스어가 들리는 채널에 고정시켜놓고 다시 또 한입! 사실 한입거리도 안 되는 사이즈의 마카롱을 나누어 먹은 건 교양 때문이 아니라 마카롱에 대한 예의라고 생각해서 그런 것이었다.

그렇게 그 밤에 마카롱 두 개로 마음속의 외로움을 날려버리려고 했다. 마카롱은 귀여운 생김새와는 달리 만들기 어려운 과자 중 하나다. 겉은 바삭하고 속은 부드럽게 감기는 맛을 표현하는 것이 여간 어려운 게 아니다. 원래 쉬워 보이는 게 가장 어렵다고 하지 않던가? 아몬드 가루와 밀가루 그리고 설탕과 달걀흰자로 머랭을 올려서 만드는 이 단순한 재료의 결과물은 심플한 재료에 비해 쉽지 않아 나 역시도 처음 만들 땐 몇 번이고 실패를 했다. 지금 마카롱은 프랑스의 대명사처럼 되었지만 원래는 이탈리아에서 처음 만들었고 이후 수녀들에 의해 비밀스럽게 이어져온 은밀하고도 성스러운 레시피이기도 하다.

이탈리아식으로 만들려면 시럽을 끓여서 머랭과 섞어 만들어야 하

세상 어느 누구 하나
외롭지 않은 사람이 어디 있을까?
바쁜 일상 속에서 고민 하나 걱정거리 하나 없는 사람은
없을 것이다.

지만 요즘은 그냥 쉽게 프랑스식으로 머랭을 올려서 만드는 게 대부분이다. 차갑게 식힌 볼에 달걀흰자를 정성스럽게 넣고 설탕을 넣어가며 한쪽 방향으로 쉼 없이 재빠르게 휘핑해서 하얗게 올리는 게 오늘의 과제이다. 그 머랭을 재빨리 아몬드 가루와 밀가루에 섞어서 일정하게 오븐 팬 위에 수놓는 게 또 하나의 과제! 이런 과정을 거치는 동안 저절로 마음은 하나로 모아지고 다른 잡념은 사라지는 신비한 경험을 맛보게 된다. 조금의 과장은 있지만 그런 이유로 새벽에 베이킹을 하는 날이 많아지기도 했었다.

모두 잠든 밤! 밤하늘의 별보다 건물들의 불빛들이 더 많은 서울의 밤을 벗 삼아 한없이 몰두한다. 혼자서 독대했던 외로움이란 녀석도 꼬리를 물고 봇물 터지듯 나오던 생각의 미로도 달콤한 마카롱을 만들면서 오븐에 기대어 숨죽여 지켜보면 어느새 사라져버리곤 한다. 어쩌면 그 밤의 마카롱 덕분이었는지 모른다.

세상 어느 누구 하나 외롭지 않은 사람이 어디 있을까? 바쁜 일상 속에서 고민 하나 걱정거리 하나 없는 사람은 없을 것이다. 거기에 마주하는 외로움까지 힘들고 지친 현실의 연속이지만 표현의 차이이고 극복하는 방법의 차이일 거다.

나만 외로운 게 아니다. 지극히 쓸쓸하고 고독한 마음의 맛은 아마도 쓸쓸한 녹즙이나 낙엽의 향을 담은 맛이 아닐까 싶다. 가을 숲, 나무들로 가득 찬 산길의 바스락거리는 낙엽을 밟을 때 나는 소리가 외로움의 소리일지도 모르겠다.

외로움이 오래되면 어느 순간, 별이 된다. 그 마음이 얼마나 닳고 닳았을까? 한없는 어둠 속에서 누군가에게 자신의 존재를 알리기 위해 별은 빛날 수밖에 없으리라.

마카롱도 외로웠나보다. 그래서 마카롱 두 개를 크림으로 붙여서 하나로 만들어준 것이라고 나름대로 소설을 써본다.

바삭한 마카롱을 구우며 오늘도 난 내 마음의 잡념과 외로움을 떨쳐버리고 달콤한 마음만을 담아본다. 그리고 내일 처음 만나는 이에게 내 마음을 마카롱에 담아 무심하게 전달해보련다. 어쩌면 그도 쉽게 말하지 못하는 외로움을 마카롱에 기대어 달랠지도 모르니까……

외로움을 이겨내는

## 수삼마카롱

## 재료

아몬드파우더 137g, 슈가파우더 125g, 달걀흰자 105g, 설탕 105g

수삼크림 : 설탕 40g, 물 10g, 다진 수삼청 70g, 흰자 28g, 버터 135g,

럼주 1/2작은술

## 만드는 법

1. 흰자는 핸드믹서로 거품을 내어 설탕을 두 번 나눠 넣어 휘핑한다.

2. 휘핑한 머랭에 체 친 아몬드 가루와 슈가파우더를 넣어 반죽한다.

3. 반죽을 짤주머니에 담고 원형 깍지 1cm를 이용해 유산지 위에 동전 500원
   정도 크기로 짜준다.

4. 1시간 정도 반죽을 말린 뒤 150도로 예열된 오븐에서 8분, 140도로 낮춰 5
   분을 굽는다.

5. 수삼크림은 냄비에 설탕과 물을 넣고 살짝 뜨겁게 녹이듯 끓여준다.

6. 시럽이 완성될 때쯤 흰자를 휘핑해서 시럽을 섞으면서 머랭을 만든다.

7. 머랭이 완전히 식으면 실온의 버터를 조금씩 넣으면서 휘핑해주고 럼주와
   수삼청을 넣어 휘핑하면 완성이다.

바삭한 마카롱을 구우며

오늘도 난 내 마음의 잡념과 외로움을 떨쳐버리고

달콤한 마음만을 담아본다.

# London

## 추억의 맛

# 세상에서
# 가장 큰 아이

그 아이를 알고 있나요?

세상에서 가장 큰 아이!

세상의 모든 것을 다 볼 수 있는 아이. 그 아이가 보는 곳은 언제나 넓은 강물과 사람들 그리고 건물의 그림자. 그 속에 담긴 이야기들을 하나하나 바라보며 늘 같은 자리에서 묵묵히 사람들을 지켜보는 그 아이.

내 눈에 비친 런던아이.

많은 사람들이 기다리고 있는 줄의 끝자락에 그 아이가 있었다.

하얀 눈을 가지고 있던 그 아이는 그렇게 늘 그곳에서 사람들을 맞

많은 사람들이 기다리고 있는 줄의 끝자락에

그 아이가 있었다.

세상에서 가장 큰 아이!

세상의 모든 것을 다 볼 수 있는 아이.

그 아이가 보는 곳은 언제나

넓은 강물과 사람들

그리고 건물의 그림자.

이하고 있었다.

처음 런던 아이를 봤을 때의 느낌은 영화에서 본 제임스 본드 같았다. 영국에는 많은 조형물과 건축물이 있지만 고즈넉한 강가에 서 있는 요상한 형상의 런던 아이는 많이 낯설었다. 무언가 어울리지 않는 옷을 걸친 노신사의 모습이랄까? 혹은 아이돌을 흉내 내는 중년 남자 같은 모습이 바로 런던 아이의 주변 풍경이었다.

하지만 가만 보니 볼수록 매력이 있었다. 예스러운 것들 속에 생동 맞게 서 있는 런던 아이지만 그 위용만큼이나 넓게 런던의 곳곳을 볼 수 있는 그 아이.

다가서기 전까지는 그저 이상하게만 보였던 구조물, 조금씩 가까이 다가가자 엄청난 크기에 놀랐고 타보지도 않았는데 심장을 쿵쾅거리게 만드는 무엇이 있었다. 다른 사람들 역시 얼굴에 흥분과 기대감이 가득 했다. 너나 할 것 없이 긴 줄을 기다리면서 느릿하게 돌고 도는 그 아이를 신기하게 바라보고 있었다. 그 주변에 펼쳐진 잔디밭과 사람들의 자 유로움은 지금도 잊을 수 없는 기억으로 자리 잡고 있다.

따스한 햇살에서 바닐라 향이 나는 것 같았다. 초록빛 잔디와 어울 려 상큼한 레몬 향이 났던 것 같기도 하고 물기를 머금은 싱그러운 오이

따스한 아빠의 손을 잡고 무릎 위에 앉아

하늘을 나는 기분이랄까?

묘한 동심을 유발시키는 색다른 경험!

향이 함께 나는 것 같기도 했다. 끝자락에서 한없이 돌던 그 런던아이는 마치 커다란 목마처럼 사람들을 태우고 향기를 실어 나르고 있었다. 어릴 적 아빠가 태워주시던 비행기가 생각났다.

따스한 아빠의 손을 잡고 무릎 위에 앉아 하늘을 나는 기분이랄까? 묘한 동심을 유발시키는 색다른 경험! 이것은 런던아이가 주는 기분 좋은 환상 중 하나일 것이다. 아주 느리지만 나는 천천히 하늘로 올랐다.

노을로 물들어가는 강물은 눈이 부셔서 따가울 정도였다. 부서지는 금빛 물결과 함께 하나둘 불이 켜지는 런던의 건물들 그리고 이어지는 하늘과 태양이 그리는 그라데이션은 아마 포토샵으로는 도저히 흉내 낼 수 없는 광경이리라.

아름다웠다. 여행 중에 느끼는 이런 미묘한 감정이 때로는 우리를 또 한 번 숨 쉬게 만드는, 진짜 살아 있음을 느끼게 해주는 기쁨일 것이다.

가끔은 그런 생각이 든다. 사람들 속에서 한없이 작아진 나를 발견할 때, 아무도 없는 곳에서 무언가 새롭게 시작해보고 싶다는 생각이 들 때, 처음부터 제대로 다시 인생을 만들고 싶다는 생각이 들 때가 있다. 서른쯤 그랬다. 모든 걸 다시 되돌리고 싶었고 새롭게 무언가 시작하고 싶은 마음이었다. 어디서부터 잘못됐을까? 공부를 조금 더 열심히 할 걸, 친구들이 열심히 할 때 나는 무얼 했나? 정말 하고 싶은 일을 하고 싶어서 직장이 아닌 진짜 직업을 찾아 방황하기도 했던 그때! 런던의 그 날은 많은 의미와 추억을 되살려주었다.

　때로는 이렇게 아무것도 아닌 것에서 마음의 상처를 아물기도 한다. 웃음소리가 가득한 사람들의 표정에서, 서로의 마음을 놓치기 싫어 입을 맞추고 있는 연인들의 애틋한 감정에서, 자연과 도시가 주는 일상적이지만 특별하게만 보이는 그 순간에 나는 치유를 받는다. 세상에서 가장 큰 아이는 그렇게 내게 말없이 다가와 감싸주었다. 아프지 말라고, 힘내라고, 그리고 다시 웃어보라고 말이다.

　아버지의 따스한 마음처럼 묵묵히 그저 말없이 잡아주는 손처럼 런던아이는 내게 말했다.

　늘 여기 있으니 언제든 찾아오라고…….

달달한 추억을 담은 맛

## 바닐라 과일샐러드

### 재료

오렌지 1개, 토마토 3개, 사과 1/2개, 키위 1개, 딸기 2개,

바닐라에센스 1+1/2큰술, 설탕 3큰술, 물 1/2컵, 바질잎이나 허브 약간

### 만드는 법

1.  냄비에 물과 바닐라에센스, 설탕을 넣고 다 녹을 때까지 저으며 끓여준다.

2.  과일은 껍질을 벗겨 먹기 좋게 썰어서 준비한다.

3.  과일을 바닐라 시럽에 넣고 1시간 정도 숙성 후 차갑게 즐기면 좋다.

웃음소리가 가득한 사람들의 표정에서,

서로의 마음을 놓치기 싫어 입을 맞추고 있는 연인들의

애틋한 감정에서, 자연과 도시가 주는 일상적이지만 특별하게만 보이는

그 순간에 나는 치유를 받는다

# London

## 익숙함의 맛

# 올드함은
# 진부한 것이 아니다

템즈 강가를 따라 물 흐르듯 거닌다. 수많은 관광객들 속에서 또렷이 들리는 물소리가 마음을 편안하게 만들어준다. 유난히도 흐린 날이 많은 런던의 날씨에도 불구하고 햇살이 한가득 강물에 부서진다. 흐르는 물소리에 귀 기울여 가만히 벤치에 앉아 금빛 모자이크의 율동을 한참 보는 게 좋다. 여기저기서 자신들만의 이야기가 넘쳐나고 그 웅성거림 또한 강물처럼 내 귓가를 흘러간다.

평화로운 날이다. 노래 제목처럼 'What a wonderful day!'라는 게 이런 거 아닐까. 낯선 땅에서 주는 위안이 때로는 내가 속해 있는 현실을

흐르는 물소리에 귀 기울여 가만히 벤치에 앉아

금빛 모자이크의 율동을 한참 보는 게 좋다.

여기저기서 자신들만의 이야기가 넘쳐나고 그 웅성거림 또한

강물처럼 내 귓가를 흘러간다.

살면서 누구나 힘들지 않은 사람이 어디 있을까?

돈이 많거나 적거나

사랑하는 사람이 곁에 있거나 혼자이거나

직장이 있거나 없거나 말이다.

그런 잡스런 생각들도 강물 따라 흘려보낸다.

잊게 해준다. 낯선 곳에서의 이런 경험이 모순적이지만 매력적인 위로로 다가오는 날이었다.

살면서 누구나 힘들지 않은 사람이 어디 있을까?

돈이 많거나 적거나 사랑하는 사람이 곁에 있거나 혼자이거나 직장이 있거나 없거나 말이다. 그런 잡스런 생각들도 강물 따라 흘려보낸다. 그렇게 얼마나 흘렀을까? 뉘엿뉘엿 지는 해가 빅벤의 종소리에 흩날려 부드럽게 대지를 적신다.

자, 또 길을 떠나볼까? 햇살을 받으며 한동안 앉아 있었더니 이내 체온이 떨어지는 것이 느껴진다. 밥을 먹을까? 술 한잔할까?

붉은 하늘이 푸른빛으로 서서히 변해가는 모습마저 마치 나를 위한 쇼처럼 느껴졌다. 아직 숙소에 들어가긴 싫고 그저 이렇게 그들의 삶 속에 묻혀서 마치 원래 그랬던 사람처럼 연기라도 하고 싶은 날이었다.

조금 못 가 눈에 들어온 곳이 바로 펍이었다. 강가 바로 옆이라 그런지 야외 테라스에도 옹기종기 모여 앉아 자신들의 행복한 날을 마감하는 이야기들로 그득했다. 우리야 술자리를 가지면 푸짐한 안주에 한 상 가득이지만 이들의 축제는 소박하기 그지없었다. 아니 오히려 초라하게 느껴졌지만 어느 하나 불행해 보이는 사람이 없었다.

옛 것을 그대로 지켜가는 사람들과

그것을 즐기는 사람들이 섞여 있는 모습이

왠지 낯설기도 했지만

경이롭기까지 했다.

소소한 행복을 만끽하며 하루를 한 잔의 맥주로 마무리하는 그들이 내심 부러웠다. 주문을 하려고 안으로 들어가니 우리나라의 수산시장 같은 분위기가 났다. 쉴 새 없이 움직이는 바텐더들과 그 앞에 무리지어 있는 사람들이 여럿이었다. 어떻게 주문을 해야 할지 난감해하던 차에 친절한 노부부가 말을 건넸다.

"어디서 왔니? 뭘 먹고 싶니? 주문을 도와줄까?"

신기하게도 그 상황에서 또렷하게 들리던 그 말이 마치 한국말처럼 들렸다. 역시 어디에서도 난 굶어죽을 팔자는 아닌가 싶었다. 조금 얼굴이 붉어지긴 했지만 조심스레 말을 건네고 이내 맥주 한 병을 건네받았다. 쿨하고 매너가 넘치던 노신사는 자신의 부인과 함께 웃으며 떠났고 그 오래된 펍에서 다른 사람들처럼 나 역시 서서 맥주를 홀짝거렸다.

우아한 샹들리에, 벽은 온통 이름 모를 그림들로 가득하고 클래식한 문양들과 사진에서 펍의 존재감이 다가왔다. 친구들과 함께 기웃거려보니 100년이 넘은 펍이라는 팻말이 보였다.

옛 것을 그대로 지켜가는 사람들과 그것을 즐기는 사람들이 섞여있는 모습이 왠지 낯설기도 했지만 경이롭기까지 했다. 젊은 연인들이 허그를 하면서 와인 한잔을 부딪히며 서로를 바라보는 눈빛에서 마치 그들의 사랑이 백 년은 이어질 것 같은 착각까지 들었다. 그 공간이 그랬다. 시공을 초월한 순간! 낯설지만 익숙해지고 싶은 공간이었다.

오래된 것과 새로운 것들이 섞여 또 다른 무언가를 만들어내는 곳. 새것을 좋아하는 난 예전부터 신제품은 다 사서 써봐야 직성이 풀리곤 했는데 그날 이후, 조금은 나 자신이 변할 것 같은 예감이 들었다. 아니 변했다.

그렇게 꿈 같은 하루는 많은 것을 이야기해주고 있었다. 새로운 사람들과 낯선 곳에서 찾은 그들의 오래된 무언가를 마주하는 일이 거북하거나 불편한 것이 아닌 있는 그대로를 받아들이고 이해하는 것이라는 것을 말이다.


그날과 템즈강의 야경에 나는 건배를 했다. 기분이 동동 떠올랐다. 오랜 시간 숙성된 와인처럼 묵직하지만 향기로운 사람이 되고 싶었다. 묵으면 묵을수록 깊어지는 장처럼 늘 그 자리에서 기다리고 인내할 수 있는 사람이 되고 싶은 그런 날이었다.

익숙함의 새로운 발견과 변신

# 묵은지김밥

## 재료

밥 2공기, 돼지고기(목심 또는 등심) 300g, 묵은지 1/4포기, 곰취 20g, 깻잎 6~7장,
구운김 4장, 청고추 2개, 홍고추 2개
배합초 : 식초 1컵, 설탕 1/2컵, 소금 2큰술, 다시마 1장, 레몬 슬라이스 2쪽
돼지고기 양념장 : 간장 2큰술, 미림 1/2큰술, 청주 1큰술, 설탕 1큰술,
생강즙 1큰술

## 만드는 법

1. 냄비에 배합초 양념을 넣고 뭉근한 불에서 소금과 설탕을 녹여준다. 뜨거운 배합초
   에 다시마와 레몬 슬라이스를 넣고 식혀준다.

2. 밥은 고슬고슬하게 짓고 뜨거울 때 배합초를 8큰술 넣고 무를 자르듯이 섞은 뒤 한
   김 식힌다.

3. 분량의 재료를 섞어 양념장을 만든 후 돼지고기에 밑간한다. 달군 팬에 기름을 두르
   고 돼지고기를 앞뒤로 노릇하게 익혀준 뒤 적당한 길이로 채 썬다.

4. 묵은지는 물에 헹구어 양념을 한 번 씻어낸 후 물기를 꼭 짠다.

5. 곰취와 깻잎은 깨끗이 씻어 물기를 제거한 뒤 반으로 자른다. 청고추와 홍고추는 반
   으로 갈라 씨를 빼고 채 썬다.

6. 김발 위에 구운 김을 깔고 밥 1공기 고르게 펴준 다음, 곰취와 깻잎을 올려놓고 그
   위에 돼지고기와 묵은지, 청고추, 홍고추를 올린 후 돌돌 말아준다.

7. 먹기 좋은 크기로 썰어 도시락 용기에 담는다.

오랜 시간 숙성된 와인처럼 묵직하지만

향기로운 사람이 되고 싶었다. 묵으면 묵을수록 깊어지는 장처럼

늘 그 자리에서 기다리고 인내할 수 있는 사람이 되고 싶은

그런 날이었다.

# Chiang mai
## 인연의 맛

# 우연이 가져다준
# 인연들의 밥상

캄보디아로 들어가기 전 치앙마이에 들렀다. 트레킹이란 걸 난생 처음 해보기 위해서였다. 낯선 이방인들과 함께 고산족을 찾아 가기로 결심을 하고 카오산 로드에서 차 편을 알아본 뒤 치앙마이로 이동하는 새벽 버스를 타기 위해 터미널로 향했다.

    나이가 비슷해 보이는 배낭족들이 자신보다 더 큰 배낭을 하나씩 짊어지고 버스에 오르고 이내 긴 잠에 빠졌다. 차가 출발하자 바로 버스 안 불빛은 꺼져버리고 여행자의 낭만은 사라졌다. 그리고 곧 심신이 지친 명절 귀성길 같은 버스 안이 되었다! 방콕의 내음과 함께 배낭여행자

들의 덜 마른 습한 냄새가 차올랐다. 하지만 그게 대수랴, 피곤한 눈은 이내 무거운 눈꺼풀을 이기지 못하고 잠겼다.

쌀쌀한 기운에 눈을 뜨니 새벽녘에 치앙마이로 들어서고 있었다. 한적한 거리와 여유로운 풍경이 방콕의 카오산 로드와는 다른 조용한 인상이었다. 배고픔에 내리자마자 먹을 걸 찾았다. 입맛에 맞는 걸로 일단 한 끼를 채우자는 욕심에 일식집에 들어갔다. 낯선 태국인이 만들어주는 일식! 종전에 먹던 것들과 다를 게 없었지만 기분은 멍했다. 꾸역꾸역 배를 채우고 이어서 미소네로 출발했다! 아마도 치앙마이를 가본 한국인들이라면 다 아는 집일 것이다. 한인 부부가 운영하는 미소네는 이름만큼이나 푸근한 고향 같은 곳이었다.

살갑게 맞이해주시는 사장님 내외는 물론이고 여기저기서 혼자서 또는 둘이서 여행 온 한국 친구들이 있어서 마치 오래된 동창들을 만난 것과 같은 느낌이 들었다. 스스럼없이 서로의 이야기를 듣고 나누는 사랑방 같은 곳. 사모님의 엄마 미소 역시 한몫해서 푸근한 마음에 몸이 살살 풀리는 곳이기도 하다.

트레킹에 대한 기대가 높아서 우리는 서로 들뜬 상태였다. 다음날 아침 일찍 가이드와 함께 독일, 미국, 러시아, 오스트리아에서 온 커플

하지만 인간은 얼마나 나약하고 간사한가?

고산족 마을을 보는 순간 그 고생과 땀에 절은 마음은

의내 솜털처럼 가벼워지고 홍겁기만 했다.

들, 친구들과 산을 오르기 시작했다. 방콕에서 산 얇은 옷은 이내 땀으로 흠뻑 젖고 서로 말은 통하진 않지만 웃음과 간단한 단어들로 의사소통을 하면서 고산족을 찾아 오르기를 다섯 시간······.

숨이 턱까지 찼다. 아니 욕이 나왔다. 예전에 아무 생각 없이 지리산 종주를 한 번 했었는데 마치 그때 그 기분이었다. 뭣 모르고 부린 객기에 몸이 부서질 것처럼 한계에 다다를 쯤 고산족의 마을이 눈에 들어왔다. 누가 보면 에베레스트라도 오른 줄 알겠지만 그때 나는 그만큼 힘이 들었다. 하지만 인간은 얼마나 나약하고 간사한가? 고산족 마을을 보는 순간 그 고생과 땀에 절은 마음은 이내 솜털처럼 가벼워지고 흥겹기만 했다.

소박한 어른들과 천진난만한 아이들의 웃음이 우릴 반겼다. 거친 숨을 토해내며 씩씩거리는 내가 안쓰러웠는지 말없이 손을 잡아주던 그 따스한 손이 아직도 기억난다.

고산족의 집에 다 같이 모여 단출하게 저녁을 먹고 맥주 한잔을 하며 글로벌 게임을 한바탕하고 잠들었다. 쑥스럽지만 함께 올라온 동지애 같은 것 때문이었는지 그 밤은 참 행복했다.

이른 새벽 다 함께 사진을 한 장 찍고 하산을 하는데 그 중간 지점에서 건네받은 설탕을 뿌린 밍밍한 수박은 너무나 달짝지근하고 미묘했다. 한숨 돌리고 내려오니 용달차가 우리를 기다리고 있었다. 우리는 개선장 군처럼 차에 올라 서로 사진을 찍으며 달콤하게 돌아왔다.

그렇게 치앙마이에서 하루 더 묵고 캄보디아로 다시 떠나야 하는 일정 중 사장님 내외분이 준비해준 김치찌개를 먹으면서 개인적인 이야 기, 이런 저런 이야기를 하다가 내 직업이 푸드스타일리스트라는 게 자 연스럽게 흘러나왔다. 그 뒤 말도 안 되는 부탁을 받았다. 미소네가 확장 을 하면서 메뉴판을 만들어야 하는데 스타일링을 좀 해달라는 사모님의 부탁이었다. 난감했다. 우리는 힘겨운 트레킹을 마친 뒤라 거지 같은 꼴 이었다. 스타일링 도구도 없고 아무런 장비도 없었지만 거절하기도 애매 했다.

즉흥적이고 감성적인 난 거절할 수가 없었다. 그래 해드리자. 사모 님은 몇 번이고 감사하다며 확장 공사 때문에 여러 가지 고민이 많았는 데 기도를 하니까 좋은 사람을 보내주셨다며 격하게 다독여주셨다. 그 바람에 나는 얼결에 스타일링을 맡아서 시작했다. 포토그래퍼 친구가 가 져온 사진기로 사진을 찍고 트레이에 호일을 둘러 임시 반사판까지 만들 어서 두 청년의 즉흥 푸드스타일링이 이루어졌다.

치앙마이에서 우연히 만나게 된 그 인연의 밤은

지금도 미소네 메뉴판 간판에 걸려서

또 다른 여행객들을 맞이하고 있을 것이다.

지금 생각하면 웃음이 난다. 미소네는 나의 첫 번째 글로벌 클라이 언트였다.

태국의 음식과 한국의 음식들을 있는 솜씨 없는 솜씨로 스타일링하 고 사진을 찍었다. 사장님 내외분은 이 광경을 보고 연신 감탄사를 연발 해주셨지만 너무나 민망했고 어디론가 숨고 싶었다. 잘하고 말고를 떠나 그저 조금이라도 멋지게 해드리고 싶은 마음뿐이었다. 그저 속으로 없는 장비 탓만 했다.

십여 가지 메뉴를 스타일링한 후 파티가 벌어졌다. 음식들을 한데 모아놓고 잔칫상만큼 푸짐하게 차린 후 파티로 이어졌다. 기분 좋은 사 장님 내외분은 소주에 맥주에 삼겹살까지 끝없이 내어주시며 고맙다는 말을 어찌나 많이 하시던지……

아무것도 모르는 인연들이 만나서 무언가를 만들고 알아가고 공감 해가는 것, 그게 바로 음식의 힘이라고 생각한다. 같이 밥을 먹고 살을 부대끼며 보낸 시간이 가족과 함께한 것 같은 느낌을 주었다. 밥을 함께 먹는 그 느낌. 그게 유대감이고 공감이며 말없는 대화가 아닐까?

치앙마이에서 우연히 만나게 된 그 인연의 밤은 지금도 미소네 메뉴판 간판에 걸려서 또 다른 여행객들을 맞이하고 있을 것이다.

행복하다. 여행을 통해 누군가를 만나고 알아가고 그들의 삶을 맛볼 수 있어서 말이다.

## 연근튀김

### 재료

연근 1/2개, 밀가루 1/2컵, 녹말가루 1/2컵, 달걀 2개, 식용유 3큰술, 설탕 2큰술,
올리고당 1큰술, 튀김용 기름 1컵

### 만드는 법

1. 연근의 모양을 살려 슬라이스한다.

2. 녹말가루, 계란, 밀가루를 차례로 묻혀서 튀긴다.

3. 팬에 식용유 3큰술, 설탕 2큰술, 올리고당 1큰술을 넣고 다 녹을 때까지 중간 불
   에서 끓여준다.

4. 다 녹으면 튀겨 놓은 연근에 재빨리 시럽을 입힌다.

5. 시럽을 입히고 연근 구멍에 나무젓가락을 끼어서 시럽이 굳을 때까지 잠시 기다
   리면 완성이다.

아무것도 모르는 인연들이 만나서 무언가를 만들고 알아가고
공감해가는 것, 그게 바로 음식의 힘이라고 생각한다.

# Cambodia

재회의 맛

# 여행은
## 첫사랑과 같다

여행은 첫사랑과 같다고 생각했었다.

　계획 없이 시작된 사랑은 마음이 가는 대로 향하고 목적 없는 여행은 늘 발길 닿는 대로 흘러간다. 그래서 여행은 첫사랑의 설렘과 기대감을 한껏 닮아 있어 좋았다. 늘 미련이 남는 것도 그 때문인지도 모르겠다.

　이른 새벽, 공항으로 향하는 길.

　그 텅 빈 바람이 좋다.

　설렘을 가득 담은 캐리어를 끌고 잠을 이기며 무언가를 기다리는 사람들 속에서 그 미묘한 거리감이 좋다. 이미 누구에게나 웃음을 지어

보일 마음의 준비가 되어 있지만 아직은 떠나지 않은 현실이기에 조금은 경계의 눈빛으로 서로를 힐끔거린다. 그러다가 이내 어설피 눈이라도 마주치면 멋쩍은 웃음으로 서로에게 잘 다녀오라며 인사를 한다. 무언가 일탈을 꿈꾸는 아이들처럼 세월이 묻은 그들에게서 소년 소녀의 표정을 볼 때마다 나도 모르게 기분이 좋아졌다. 이런 내가 이상하다고 생각한 적도 있지만 그거야 어찌됐던 그 무언가를 그리고 여행을 상상하는 상기된 얼굴들이 참 좋다. 훌훌 털어버리고 어디론가 갈 수 있다는 것. 하지만 정작 두고온 그 무엇을 걱정하며 제대로 즐기지 못하더라도 어떠랴? 사랑하는 데 이유가 없고 좋아하는 데 구구절절 설명이 필요하지 않은 게 바로 여행이 아닌가. 그래서 좋다. 여행이 주는 그 복잡하고도 미묘한 감정들이 난 참 좋다.

비행기가 이착륙할 때 멍멍해지는 귀를 달래며 침을 꼴깍 삼킨다. 그 짜릿함이 신호였다! 여행은 언제나 그렇게 내게 다가왔다.

한동안 여행에 미쳐 있을 때 여행이 주는 설렘에 미친 듯이 푹 빠져 있었다. 내가 알지 못하는 어떤 곳을 향해 한발 한발 나아간다는 것. 사실 조금 두려움이 서려 있는 그 달달한 발걸음에 무척이나 중독된 적이 있었다. 지금도 마찬가지지만 여행은 내게 그런 존재다. 단순한 행위가 아닌 존재로 느껴지는 대상이다. 그래서 한때는 여행을 첫사랑에 비유하며 주변 친구들에게 '여행은 첫사랑'이라는 개똥철학을 내세웠다. 굳이 이름을 붙이자면 '여행 첫사랑론'이라고 해야 할까? 맹목적으로 여행 첫사랑론을 전파하기도 했었다. 만나는 친구들, 지인들, 제자들에게 시간이 생길 때마다 새로운 곳을 여행하고 느끼고 경험해보라고 마치 나라의 독립을 꿈꾸는 애국지사만큼이나 절절히 주입식 교육을 했었다. 아마도 그들의 귀엔 나의 잔소리 때문에 딱지가 앉았을지 모른다. 지금 생각하면 한없이 민망한 일이지만 그렇게 내 여행은 철저히 감성적이며 즉흥적인 소년 같은 감정이 가득한 것이었다.

두근두근 설레는 마음, 그리고 그를 닮은 첫사랑! 달콤하지만 치명적인 유혹이 나를 폐인으로 만든 게 한두 번이 아니었다. 꼭 봐야 하는 광경을 보기 위해 올빼미족인 내가 새벽에 일어나 짐을 싸서 공항으로 나서기도 하고 밤새 좋은 친구들과 술을 먹고 아침 일정에 맞춰 나오느라 덜 깬 정신을 억지로 밀어 넣고 비틀거리는 발걸음을 타지에 던지기도 했었다. 그런데 그런 여행이 점점 지겨워졌다. 설렘이 없어지면 사랑도 끝났다. 그게 나의 어린 시절 사랑에 대한 감정이었다.

설렘이 없어지면 사랑도 끝났다.

그게 나의 어린 시절 사랑에 대한 감정이었다.

누가 그랬던가? 누군가를 만나고 알아간다는 것은 온 우주가 내게 다가오는 엄청난 경험이며 의미라는 것을, 그렇기에 소중하고 귀하다고 했던 말이 맴돈다. 하지만 그때, 그것을 몰랐던 나는 사랑은 설렘이 전부인 줄 알았다. 그게 없다면 사랑이 식은 것이라고 생각했다. 아니 그렇게 감정이 끝나감을 미리 짐작하고 있었다. 여행도 그랬다. 가보지 못했던 미지의 나라와 도시의 음식을 맛보는 게 참 여행이라고 느꼈었다. 새로운 것들, 새로운 사람들, 새로운 거리들, 그 모든 게 마치 나를 위해 있는 것인 양 한없이 들떠 정신없이 다닌 것이 여러 번이었다.

그것이 여행이 내게 주는 선물이라고 생각했었다. 하룻밤의 일탈을 꿈꾸는, 낯선 이와의 사랑을 꿈꾸는 이처럼 미지의 세상을 향해 나아가는 내 발걸음은 그래서 더 힘찼는지도 모른다. 하지만 사랑도 내가 원하는 대로 진행되지 않듯이 싸우고 부딪치고 일그러져가는 서로에게 힘만 들었다. 이런 사랑이라면 그만 끝내도 좋지 않을까? 생각하고 생각하다 이별을 고하기도 하고 통보받기도 했다. 여행도 그랬다. 내가 원하는 대로 가고 싶은 대로만 갈 수 있는 게 아니었다. 내 마음이 동하지 않는 곳, 그곳에서 시간을 허비하기도 했다. 남들이 느낄 수 없는 독특함만을 쫓아다니던 나의 여행은 어느새 특별함만을 찾다 지쳐버렸고 무의미해져버렸다. 여행에 그만 이별을 통보해야만 했다. 그동안 고마웠노라고 이제 지쳤노라고 말이다. 더 이상 힘들어서 노력할 수 없다고 마치 여자친구에게 말하듯 마음속으로 이별을 말하고 있었다.

그렇게 여행에 지쳐가고 있을 때쯤 캄보디아에서 한 아이를 만났다. 말도 통하지 않는 그 아이와 나는 꼬깃꼬깃한 메모지에 서로의 이야기를 적어내려 갔다.


Where are you from?

I am from korea. do you know korea?


그렇게 시작된 우리의 이야기는 한여름의 땀방울이 식어 서늘해질 정도로 계속 되었다. 이제 고등학교에 올라가는 그 아이는 매일 이렇게 관광지에 나와서 외국인을 상대로 영어회화 연습도 하고 다양한 사람들을 만나 세상에 대해 이야기 나눈다고 했다.

한국으로 유학을 가서 컴퓨터 프로그래밍을 공부하고 싶다던 그 아이는 아주 왜소한 체격에 새까만 얼굴을 하고는 연신 반짝이는 눈빛으로 나를 쳐다보며 이것저것 질문을 해댔다.

하룻밤의 일탈을 꿈꾸는,

낯선 이와의 사랑을 꿈꾸는 이처럼

미지의 세상을 향해 나아가는 내 발걸음은

그래서 더 힘찼는지도 모른다.

누군가를 만나고 알아간다는 것은

온 우주가 내게 다가오는 엄청난 경험이며 의미라는 것을.

그렇기에 소중하고 귀하다고 했던 말이 맴돈다.

하지만 그때는 그것을 몰랐던 나는

사랑은 설렘만이 전부인 줄 알았다.

'나는 당신이 참 부럽습니다.

이렇게 다른 나라를 돌아다니며 여행도 할 수 있고 새로운 것을 보기도 하고 또 전해주기도 하잖아요.'

그 순간, 나는 심하게 부끄러웠다.

여행은 사랑이니, 설렘이 없으면 끝이라느니 그런 생각들로 여행을 허비하고 있던 내게 그 아이의 말은 많은 생각을 하게 만들었다.

내가 그동안 왜 여행을 다녔는지…….

여행은 사랑이 아니라 사람인 것을……. 관광지에서 만난 그 아이는 앙코르와트 사원 가장 높은 곳에서 세상을 보기를 원했다. 그 아이는 지금 보고 있는 딱 그만큼의 세계가 아니라 지평선 끝을 넘어 마음은 이미 다른 나라를 날아다니고 있었다. 꿈꾸는 아이의 얼굴엔 이미 석양만큼이나 부드럽고 넉넉한 미소가 번지고 있었다.

몸은 작지만 마음이 큰 성인을 만난 듯 나 역시 아무런 경계 없이 마음이 쏠렸다. 우리는 금세 친구가 되었고 서로의 이메일을 교환한 뒤 아쉬운 마음을 뒤로한 채 사원을 빠져나왔다.

다음 날 다시 한 번 소년을 보고 싶었지만 일부러 찾지는 않았다.

201

그 순간, 나는 심하게 부끄러웠다.

여행은 사랑이니 설렘이 없으면 끝이라느니

그런 생각들로 여행을 허비하고 있던 내게 그 아이의 말은

많은 생각을 하게 만들었다.

만나게 될 사람이라면 어떻게든 다시 만나게 될 거라고 생각했다. 그렇게 기억 속에 존재하던 그 아이의 메일은 한국에서 다시 이어졌다. 짧은 영어 몇 줄이지만 우리는 서로의 안부를 확인하고 이야기했다. 오래 전부터 알고 지낸 친구처럼 우리는 그렇게 더듬더듬 메일을 주고받았다.

한국은 어떤지? 지금은 또 다른 나라를 여행하고 있는지? 궁금한 것 투성이던 그 아이. 서로의 이름도 모르고 오로지 이메일만 알고 있는 우리. 우리는 그렇게 몇 번의 이메일을 주고받은 뒤 서로의 기억 한편에 자리 잡았다. 그 뒤로는 연락이 오지 않았고 문득문득 생각날 때마다 궁금하긴 했지만 애써 찾으려고 하지는 않았다.

어느 날 갑자기 한국에 와서 연락할지도 모를 그 캄보디아 소년! 지금은 성인이 되었을 것이고 자신이 원하는 꿈을 위해 열심히 달리고 있으리라 믿는다. 그 친구가 한국에 온다면 꼭 한번 내 요리를 대접하고 싶다. 처음이라는 설렘에 전통이라는 양념을 얹어서 따스한 밥 한 끼를 만들어주고 싶다. 나름 외국인 친구들에게 맛으로 인정을 받았던 궁중 닭북어찜이라면 아마 좋아하지 않을까? 캄보디아에서 먹던 치킨 코코넛 커리처럼 닭요리를 즐기는 그들에게도 우리의 닭고기 요리는 낯설지 않을 것이다. 같은 닭이어도 어떤 양념을 넣느냐에 따라 요리가 달라지듯

여행은 첫사랑만 같은 건 아니다.

이 서로 다른 환경 속에서 자라온 그와 나에게 그 요리는 설렘과 익숙함이 공존하는 요리가 될 것이다.

　너무 크지 않은 닭을 골라서 한입 크기로 토막을 내고 달군 팬에 통마늘과 생강편 그리고 건고추로 향신 기름을 내서 닭의 잡내를 잡아준 뒤 간장을 베이스로 만든 양념장을 만들어서 북어와 함께 조려내리라. 익으면서 엎어지는 간장 냄새! 생각만 해도 입안에 군침이 도는, 너무나도 익숙한 맛에 그 친구를 위해 피시소스를 살짝 추가해 고향의 마음을 살짝 담아주리라. 지글지글 익어가는 닭북어찜을 푸짐하게 그릇에 담아 또 한 번 어색한 영어로 권해보리라.

　말은 통하지 않아도 마음으로 이해할 수 있을 거라는 걸 알 수 있다.

　식사라는 게 그렇다. 말없이 이뤄지는 소중한 공감.

　누군가와 친해지고 싶으면 밥을 먹어야 한다. 작은 나라에서 온 그 친구에겐 수다스런 대화보다는 한 끼의 밥이 우리의 관계에 더 큰 의미를 가져다줄지 모른다.

　여행은 첫사랑만 같은 건 아니다.

　오래 묵을수록 맛이 깊어지는 된장처럼, 시간이 흐를수록 풍미가 더해지는 와인처럼, 곁에 늘 있어줘서 고마운 친구처럼 새로워서 늘 설레는 게 아닌 익숙한 여행이라도 스스로 여행의 맛을 찾을 수 있는 계기를 만들어준 그 캄보디아 친구에게 고마움을 전하고 싶다.

덕분에 여행을 즐길 수 있게 됐노라고……

Thank you my friend.

재회의 맛이 담긴

**퓨전 닭북어찜**

## 재료

닭 1마리, 북어포 1마리, 다시마 4~5장, 감자 50g, 당근 50g, 소금 1/2큰술,

청·홍고추 1개, 생강 약간, 통마늘 2개, 올리고당 2큰술, 물 2컵,

간장 3큰술, 피시소스 1큰술, 설탕 1큰술, 다진 파 1큰술, 깨소금 1큰술,

참기름 약간, 후춧가루 약간

## 만드는 법

1. 닭고기는 한입 크기로 먹기 좋게 손질한 후 소금과 후추, 청주로 밑간한다.

2. 감자와 당근은 돌려 깎기 하고, 청·홍고추는 어슷 썰고 북어와 다시마는 물에 불려 가위로 북어의 지느러미를 제거하고 4~5cm로 준비한다.

3. 팬에 올리브오일을 두르고 약한 불에서 서서히 마늘과 고추의 향을 내다가 센불로 올려서 닭을 노릇하게 굽듯이 익힌다.

4. 닭의 겉부분이 익으면 올리고당 2큰술, 물 2컵, 간장 3큰술, 피시소스 1큰술, 설탕 1큰술, 다진 파 1큰술, 깨소금 1큰술, 참기름 약간, 후춧가루 약간, 감자, 당근 그리고 북어와 다시마를 넣고 졸이면 완성된다.

익으면서 엎어지는 간장 냄새!

생각만 해도 입안에 군침이 도는, 너무나도 익숙한 맛에 그 친구를 위해

피시소스를 살짝 추가해 고향의 마음을 살짝 담아주리라.

# Angkor Wat
## 본연의 맛

# 천 개의 감정이
# 스치운다

게스트하우스에서 일찍 아침을 먹었다.

타국에서 맞는 아침은 늘 그렇지만 피곤함의 연속이다. 게스트하우스에 호화찬란한 아침은 없지만 평소에 먹어보지 못했던 음식을 시켜 놓고 기다리는 사이에 앙코르와트를 어떻게 가볼까 계획을 짰다.

어느 곳이나 아침은 별다를 게 없다. 바쁘게 움직이는 사람들과 분주함 그리고 그 안에서 치열하게 살아가는 사람들. 서울이라는 도시도 언제나 매일 아침 지하철역에만 가면 그 분주함을 느낄 수가 있다. 마찬가지였다. 빠른 걸음으로 직장으로 향하는 수많은 자전거와 툭툭이 그리고 오토바이들이 뒤엉켜 게스트하우스 앞은 장관이었다. 그 바쁜 흐름 속에서 한없이 여유로운 나는 마치 다른 세상에 사는 사람인 듯했다.

달콤한 에그 스크램블과 함께 바게트 빵 한 조각이 내 앞에 놓여졌다. 거창한 이름의 메뉴들은 역시나 늘 실패를 맛본다. 동남아 지역은 역시나 달달하게 먹는 게 일반적이라 그런지 맵거나 혹은 향신료가 강하거나 혹은 달짝지근한 게 기본적인 맛이다. 땀으로 배출되는 수분의 양이 많아서 아무래도 음식도 그에 맞게 발달했을 것이다. 에그 스크램블을 빵 한 조각에 얹어 놓고 새삼 내 직업이 신기하다고 느낀다. 이렇게 눈으로 즐기고 맛보고 익히는 게 다 경험이고 공부가 되니 말이다.

기대한 것보다는 실망스런 아침을 먹은 뒤 앙코르와트로 향하기로 했다. 자전거를 타고 돌아보는 게 좋다는 정보를 입수해서 자전거를 빌려서 표지판을 따라 페달을 밟았다. 수많았던 자전거와 툭툭은 사라지고 길가엔 나와 친구뿐이었다. 도로를 전세 낸 것처럼 우리는 기분 좋은 바람을 맞으며 달렸다. 얼마나 달렸을까? 다리가 저려오고 엉덩이가 아파온다.

그때 우리 앞에 나타난 천 년의 사원, 앙코르와트가 내 시야로 들어왔다.

수많았던 자전거와 툭툭은 사라지고

길가엔 나와 친구뿐이다. 도로를 전세 낸 것처럼

우리는 기분 좋은 바람을 맞으며 달렸다.

몇십 대의 버스가 분주하게 들어오고 나가고 어디서 나타났는지 수많은 인파들이 뒤섞여 앙코르와트 예전의 영화를 보여주는 듯했다.

이글거리는 도로를 달려오느라 지친 내게 요상하게 깎여진 미니 파인애플 하나가 목을 축여줬다. 시원함과 달콤함에 다시 한 번 힘을 내서 자전거를 이끌고 천 년의 사원 안으로 들어갔다. 연못을 앞에 끼고 있는 사원에 첫발을 내딛는 순간 나도 모를 전율이 전해져왔다. 세월을 간직하고 있는 그 돌 하나에 이렇게 수많은 감정을 느낄 수 있구나 하는 마음에 말이다.

지금은 폐허처럼 보이는 돌무더기일지 모르지만 그 돌 하나하나가 오랫동안 그 자리를 지키며 보아온 시간들을 조용히 이야기해주는 듯했다. 미로 같은 사원을 이리저리 분주하게 돌아다니며 마치 인디아나 존스의 주인공이 된 것처럼 신이 났다. 벽에 조각된 수많은 돌 부감 조각들과 여기저기 아직 복원을 기다리는 돌덩어리들 사이를 비집고 다니면서 감탄과 경이로움에 흘려 사진을 찍는 내 손은 쉴 틈이 없었다.

조금 더 들어가기로 했다. 체력 하나만 믿고 자전거를 빌려온 우리들을 본 한국 관광객들은 한마디씩 거들었다.

벽에 조각된 수많은 돌 부감 조각들과

여기저기 아직 복원을 기다리는 돌덩어리들 사이를 비집고 다니면서

감탄과 경이로움에 홀려 사진을 찍는 내 손은

쉴 틈이 없었다.

"자전거로는 오늘 하루에 다 못 볼걸요?"

적어도 일주일은 봐야한다고 했다. 얼마나 큰지 사원 안이라기보다
는 한적한 국도에 있는 기분이었다. 지도를 따라 다음 장소로 천천히 이
동을 했다.

열심히 페달을 밟아서 찾아간 곳은 가장 인기가 많은 곳, 바로 천
개의 얼굴을 지닌 사원! 앙코르톰 바욘 사원이다. 수십만 개의 돌들을
쌓아서 만들어진 사원에 사면마다 다른 얼굴들이 재미를 주는 곳! 사면
의 얼굴이 단순하게 재미있는 것도 있지만 그 어마어마함이란 보는 순
간 압도당하는 기분이었다. 과연 그들은 무엇을 위해 사원을 이렇게 만
들었을까?

그가 그토록 간절히 원하고 바랐던 게 무엇이었을까? 한국의 유명
한 절에서 볼 수 있는 사천왕들처럼 사원의 다리부터 서로 다른 표정을
한 수십 개의 석상들이 마치 다른 세계로 순간 이동을 한 것처럼 느껴지
게 만들었다.

하지만 그 석상은 한 남자의 얼굴이라고 했다. 바로 자야바르만 7세
의 얼굴이다. 캄보디아에 최초로 불교를 전파한 왕으로 자신이 곧 이 나

과연 그들은 무엇을 위해

사원을 이렇게 만들었을까?

천 년이라는 시공간이 주는

말없는 침묵이 오히려 더 많은 이야기를

들려주는 듯했다.

라의 중생을 구제할 인물임을 그렇게 말하고 있었다. 그래서 모든 석상들은 그 어떤 표정보다 온화하고 아름다운 표정을 짓고 있었다. 천 개의 얼굴처럼 자신이 이 세상의 구원자가 되어 백성들을 따스하게 보살피고 이끌고 싶은 마음이 표정에 배어 있었다.

비바람에 씻기며 세월을 간직한 석상들의 표정을 쓰다듬어 본다. 우리의 인생도 이럴 것이다. 좋은 일, 나쁜 일, 이상한 일들, 너무 행복해서 꿈인가 몇 번이고 물어봤던 일들. 울고 웃으며 그렇게 우리는 단단해져 간다. 인생이라는 긴 여행 속에서 자기 스스로 몇천 번이고 자문하고 방황하리라. 그 안에 자야바르만 왕의 석상보다 더 많은 표정들이 스쳐 지나갈 것이 분명하다. 말없는 석상에서 내 모습을 발견하는 건 왜일까? 하루에 몇 번이나 화를 내고 짜증을 내고 있는 내 얼굴……. 만약에 내 얼굴이 석상으로 만들어진다면 온통 화를 내는 얼굴, 짜증스러운 표정만 가득 차게 되는 건 아닐까?

독해지지 말고 단단해지자. 남을 짓밟고 이기는 삶보다는 온갖 풍파에도 스스로를 단단하게 만들어서 어떤 시련에도 흔들리지 않는 뿌리 깊은 나무가 되자. 그렇게 다짐한다. 스스로 고귀한 향기와 맛을 내는 사람이 되자고 말이다. 다른 양념이나 화려한 무언가로 치장된 사람보다는 있는 그대로 제 맛과 향을 지닌 재료들처럼 담백하지만 온전한 사람! 단순하게 사는 것, 누구나 알고 있지만 실천하기 어려운 진리를 진짜 실천해보자.

천 년이라는 시공간이 주는 말없는 침묵이 오히려 더 많은 이야기를 들려주는 듯했다. 어느 왕의 꿈이자 염원을 담은 공간, 그 옛날 수많은 군중들은 이곳에서 큰 바위들을 다듬고 조각하며 어느새 그들의 왕에 대해 깊은 경외감까지 생겼을 것이다.

수많은 사람들 속에서 제각각 다른 이야기들을 하면서 하루하루 살아가고 있지만 우리들의 마음속에는 이 왕처럼 자신만의 꿈이 담겨 있을 것이다. 이룰 수 없을지 모르겠지만 포기는 하지 말자. 우리들은 지금 그 어떤 누구보다도 훌륭한 자신의 왕국을 건설하고 있는 중이니까 말이다.

온갖 풍파에도 남을 짓밟고 이기는 삶보다는

스스로를 단단하게 만들어서 어떤 시련에도 흔들리지 않는

뿌리 깊은 나무가 되자.

그렇게 다짐한다.

223

버섯의 향을 그대로 담은
담백한

## 표고버섯
## 미니버거

## 재료

표고버섯 8개, 다진 돼지고기 200g, 느타리버섯 1송이, 양파 1/4개,

잎채소 한 줌, 토마토 1개, 슬라이스 치즈 4장, 부침가루(빵가루) 1/2컵, 소금,

후추, 올리브오일, 발사믹식초 약간

## 만드는 법

1.　　토마토, 치즈, 잎채소들은 버섯 크기에 맞춰 썰거나 뜯어서 준비한다.

2.　　느타리버섯을 결대로 찢어서 다진 돼지고기와 함께 부침가루나 빵가루를 섞
어 소금, 후추를 뿌린 후에 반죽해준다.

3.　　표고버섯은 밑동을 제거한 뒤 달군 팬에서 노릇하게 지져내고 고기도 같이 구
워서 준비한다.

4.　　버섯을 빵 대신 놓고 재료들을 쌓아 완성한 뒤 발사믹식초와 올리브오일을 곁
들인다.

다른 양념이나 화려한 무언가로 치장된 사람보다는

있는 그대로 제 맛과 향을 지닌 재료들처럼 담백하지만 온전한 사람!

# Cambodia
## 시간의 맛

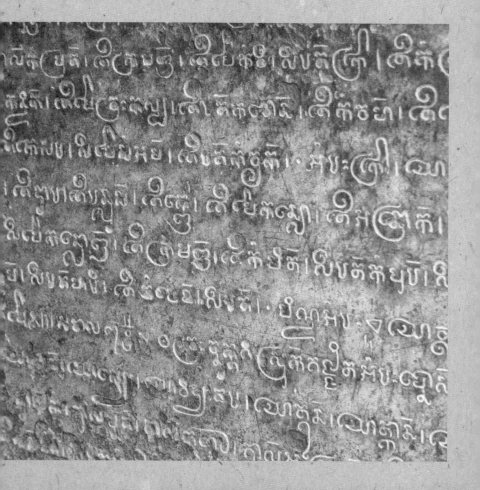

# 친구와 바꾼 여행은
# 아직도 가슴속에서 삭는다

일 때문에 떠나는 여행이 대부분이었다.

어찌 보면 여행이라기보다는 일하는 시간이 대부분이고 남는 시간에 근처 유적이나 관광지, 시장을 둘러보는 것이 해외 출장에서 늘 하는 일이었다. 그렇다고 일을 팽개치고 혼자 어디론가 떠날 생각을 한 건 아니었다. 구구절절 설명하는 건 무언가 마음에 찔리는 게 있어서 일까? 매사에 완벽하고 싶어서 출장길에 딴 짓은 절대 하고 싶지 않았다.

이런 마음은 잠시 접어두고 처음으로 친구와 함께 해외여행을 떠나기로 했다. 그 녀석은 포토그래퍼로 사진을 찍는 것만큼이나 신중하고 진중한 성격의 동갑내기 친구로 나와는 다른 매력이 넘치는 녀석이었다. 그래서 통하는 것이 많았다. 서로에 대해 알게 된 시간은 얼마 되지 않았지만 금세 둘도 없는 절친처럼 가까워져버렸다. 그 무렵 난 마치 스펀지 같았다. 새로운 사람을 만나는 데 있어 거부감이나 두려움보다는 호기심과 친해지고 싶은 욕심이 참 많았던 시기였다.

그렇게 우리는 난생 처음 남자 둘이 떠나는, 모든 남자들이 지극히 꺼리는 여행을 계획했다. 그 후에 일본 여행을 가기도 했지만 여행이 이렇게 신경 쓸 게 많고 복잡하고 어려운지 이때 많이 깨달았다. 너무 편하게만 살아왔나 보다. 여행에 관해서 말이다. 여행사에서 일사천리로 해결하고 준비해주는 것을 직접 하려고 하니 알아보아야 할 것도 갖춰야 할 것도 한두 개가 아니었다. 게다가 우리가 가기로 한 캄보디아는 보안이나 시설이 낙후되었다는 이야기를 듣고 더 철저하게 준비해야 한다는 생각에 그 어느 때보다도 열심히 준비를 했다.

열심히 준비한 여행이라 그런지 자신감이 넘쳤다. 리포트를 Ctrl+V로 붙여서 만든 것과 스스로 하나하나 공부해서 만든 것의 차이라고 할까? 조금은 과장일지 모르지만 그때는 자신감이 넘쳤고 어느 나라에 가더라도 이 친구와 함께라면 즐겁게 보낼 자신이 있었다. 하지만 솔직히 무언가를 꿈꾸고 계획할 때 빛나는 게 청춘이 아니던가?

말하면 모든 준비는 친구가 거의 다했기 때문에 더 안심하고 있었는지 모른다. 평소에도 꼼꼼하고 침착한 녀석의 성격을 잘 알고 있었기에 은연중에 나는 그 녀석을 많이 믿고 있었는지도 모른다. 비행기 예매부터 기차표, 숙소, 차편까지 모두 친구가 준비를 했다. 난 가만히 앉아서 이야기하는 대로 듣고 아닌 것만 지적질하는 못난이, 딱 그 모습이었다.

준비가 다 되자 마음이 들뜨기 시작했다. 무언가를 꿈꾸고 계획할 때 빛나는 게 청춘이 아니던가? 무언가를 이루고 결과를 낸 후도 좋지만 결과보다는 여행 준비 과정이 참으로 맛깔나게 느껴졌다. 무언가를 만들어가고 몰두하는 모습이 참 좋다. 그들만이 가지고 있는 그 진지함이나 눈빛이 좋다.

여하튼 그렇게 준비한 여행이 시작되고 생각보다 거추장스런 과정이 반복되었다. 한국에서 알아본 것과 현지의 상황은 또 달라서 하나부터 열까지 다시 알아보고 움직여야만 했다. 그 속에서 나는 고생하면서 얻는 또 다른 즐거움을 느꼈어야 했는데 왜 이런 여행을 해야 하는지 회의감에 빠져들고 있었다.

가격은 싸고 시설은 열악했던 게스트하우스, 움직일 때마다 몸은 천근만근이었고 그저 더위와 피곤함을 피하고 싶은 안이한 생각만 들었다. 그것뿐 더는 없었다. 그런 내 모습은 생각도 못하고 그저 친구를 원망하기 시작했다. 왜 이런 여행을 해야만 하는 걸까? 나는 누구? 여긴 어디? 이런 생각들로 머릿속이 꽉 차서 여행은 고행이 되어가고 있었다.

그러다 결국 폭발하게 된 건 미묘하게도 돈 때문이었다. 꼭 남겨둬야 할 경비들 때문에 개인 비용 없이 모든 걸 친구에게 맡긴 나는 마치 아내에게 잡혀 사는 남편처럼 하나하나 친구에게 보고하고 용돈을 타서 쓸 수밖에 없었다. 그게 맞는 거라 생각했다. 마구잡이로 경비를 쓰기보다는 상황의 변화에 따라 탄력적으로 자금 조절이 필요했다. 하지만 시간이 갈수록 물 한 병 사는데도 기념품 하나 사는데도 조금씩 눈치가 보이기 시작했다. 똑같이 절반씩 부담하는 경비에서 내 돈을 마음대로 쓰지 못하는 것처럼 느껴지자 마음이 불편하고 억울하기도 하고 괜히 울컥울컥하면서 친구가 미워지고 의심스러워지기까지 했다. 사람이 참 이기적이지 않은가? 무언가에 마음이 상하고 나면 모든 것들이 그렇게 보이고 느끼고 움직이게 되었다. 그런 상황이 계속 이어지는 악순환의 반복이었다.

결국엔 난 투명 경영을 주장하며 경비 내역을 친구에게 요구하는 상황까지 이르렀다. 지금 생각해보면 우습고 어이없는 상황임이 틀림없다. 참으로 쓸쓸하고 기억하고 싶지 않은 날 중 하나였다.

상세 내역서를 받아 본 나나 그 내역서를 꼼꼼하게 정리해서 준 친구 녀석이나 둘 다 섭섭한 마음이 끝없이 차올라서 갈 때까지 가보자는 심정이었다. 우리는 서로에게 말도 하지 않고 자존심만 내세우며 서로의 모자람을 재차 확인하고 마음에 생채기만 내고 말았다.

그게 서른이나 먹은 남자 둘의 여행이었다.

서먹함으로 얼룩진 우리들의 여행은 모르는 사람과 함께하는 것보다 더 냉랭한 분위기 속에서 마지못해 흘러가고 있었다. 밤하늘의 별만큼이나 수많은 존재들이 함께 살아가는 지구라는 별, 타국에서 맞이하는 어색함은 즐거운 여행의 무언가를 뛰어넘어 서로에 대한 불편함으로 가득 채워졌다. 외국이라는 것도 느낄 수 없었고 그저 온 신경이 서로의 감정에만 맞춰져 아무것도 눈에 들어오지 않았다.

함께 움직이지만 다른 생각을 하고 있었다. 혼자라는 생각에 슬픔이 차오르고 있었다. 나중에는 먼저 말을 건네고 싶어도 너무 멀리 왔다는 생각까지 들었다. 눈빛으로는 수차례 미안하다고 말하고 있었지만 누가 먼저 손 내밀 여력조차 없는 빡빡한 일정이 이어지고 있었다.

그래서일까. 아직도 캄보디아를 생각하면 많은 추억과 기억들이 있

혼자라는 생각에 슬픔이 차오르고 있었다.

나중에는 먼저 말을 건네고 싶어도 너무 멀리 왔다는

생각까지 들었다.

지만 그 친구에 대한 생각이 크게 자리 잡고 있다. 그때 처음으로 함께 여행하는 사람이 왜 중요한지 많이 느끼게 되었다. 아무리 좋은 장소여도, 황홀한 도시여도 그것보다는 여행을 함께하는 사람에 따라 그곳이 최고의 여행지 혹은 생각하고 싶지도 않은 곳으로 기억되기도 한다는 것을 직접 느꼈다.

씁쓸했다. 큼큼하고 곰삭은 젓갈을 먹고 난 뒤 느껴지는 짠 내 가득한 씁쓸함이랄까? 간판이 그럴 듯해서 들어간 음식점에 속아 마지못해 음식을 꾸역꾸역 밀어 넣는 기분……. 돈이 아까우니까 일단은 그냥 먹자…… 딱 그런 맛이었다. 그리고 여행에서 철저하게 혼자였던 기억까지 버무려져서 무기력한 여행, 그 자체였다.

타인과의 소통을 생각하게 되었던 소중한 경험이었다고 위로하고 싶다. 지금은 그 친구가 어떻게 지내는지 알지 못한다. 자존심이 둘 다 강해서 캄보디아 여행을 마지막으로 우리는 소원해졌다. 이미 한 번 엇갈린 인연의 끈은 쉽사리 연결 고리를 찾지 못하고 각자의 길로 가버리고 말았다. 몇 번의 어색한 연락과 자리가 있긴 했지만 서로에 대한 필요보다는 그저 그때의 악몽 같은 여행의 잔재가 남아서 앙금이 그대로 쌓여 있을 뿐이었다.

이미 한 번 엇갈린 인연의 끈은

쉽사리 연결 고리를 찾지 못하고 각자의 길로 가버리고 말았다.

그때는 몰랐던 것들, 스스로 더 노력하고 보여주고 이해해야 다가설 수 있는 게

관계라는 것을 이제야 조금이나마 깨닫는다.

사람의 인연이란 게 가볍기 그지없다. 특히나 요즘처럼 사람들의 관계가 너무나 극단적인 경우에는 더 그렇다. 언제든 만나려고만 하면 누구든 만날 수 있는 세상에서 진정으로 보물 같은 존재들을 만나고 알아보고 함께 무언가를 공유한다는 것 자체가 어쩌면 사치스러운 바람일지도 모른다는 생각이 들었다. 하지만 흘러가는 대로 방치하고 싶지는 않다. 아니, 그때는 몰랐던 것들. 스스로 더 노력하고 보여주고 이해해야 다가설 수 있는 게 관계라는 것을 이제야 조금이나마 깨닫는다.

누가 됐던 앞으로 만날 사람들과 그리고 지금 곁에 있는 사람들과 함께할 인생을 소중하게 만들어가고 싶다. 누구든 그렇게 생각하지 않을까?

즐거운 것만 보고 느끼는 여행도 좋지만 의도치 않게 감정의 폭풍을 맛본 친구와의 여행을 통해 내면의 성숙을 얻었다고 생각하기로 했다.

아직도 캄보디아의 밤은 내 마음에서 삭고 있다. 내가 그렇듯 그 친구의 마음속에서도 또 다른 모습들로 기억은 삭혀지고 있으리라.

## 재료

소면 140g, 광어회 50g, 오이 30g, 양파 20g, 양배추 20g, 깻잎 3장,

홍고추 1/2개

고추장 1큰술, 고춧가루 1/2큰술, 식초 1큰술, 설탕 1큰술, 다진 마늘 1/2큰술,

참기름 약간

## 만드는 법

1.  광어회는 양념에 버무려 미리 숙성시켜둔다.

2.  소면은 끓는 물에 팔팔 끓여 찬물에 담가 전분기를 빼준다.

3.  오이, 양파, 양배추, 깻잎, 홍고추는 채 썰어 양념에 버무려준 뒤 마지막에 광어회

    를 넣는다.

4.  완성 접시에 소면과 회무침을 놓고 참기름을 조금 들러주면 완성이다.

아직도 캄보디아의 밤은 내 마음에서 삭고 있다.

내가 그렇듯 그 친구의 마음속에서도

또 다른 모습들로 기억이 삭혀지고 있으리라.

# Australia

변화의 맛

# 호주를 닮은
# 호주육개장

여행을 종종 다니다보면 색다른 식재료들을 만나기 마련이다.

중국에서는 전갈과 메뚜기, 제비집을, 프랑스에서는 푸와그라, 송로버섯, 양고기를, 캄보디아에서는 밍밍한 수박 그리고 달콤한 에그 스크램블까지.

특이한 재료들도 넘치고 평소에 해보지 않았던 조리법으로 만나는 일상적인 재료들까지. 그 맛에 난 여행을 다닐 때면 그 누구보다도 어린아이처럼 음식을 대하려 한다. 아무것도 모르는 마음으로 편견 없이 다가서고 싶기 때문이다.

그중에서도 호주는 참 인상 깊었다. 드넓은 대지와 초원 그리고 이어지는 섬 같은 도시들. 한없이 평화롭고 따스했으며 여유로움이 무엇인지 그대로 전해지던 나라가 바로 호주였다. 동물들과 어울려 살며 친환경이 무엇인지 그리고 로컬푸드라는 게 무언지를 몸소 실천하고 보여주는 나라. 비단 호주뿐이랴. 요즘은 국내에서도 로컬푸드의 개념이 널리 퍼져서 제 지역에서 나는 식재료로 맛을 구성하는 곳들이 많아졌다. 하지만 그 이전에 이미 호주라는 큰 섬은 그렇게 살아가는 방식을 본능적으로 아는 곳이었다.

물론 다른 곳에서도 모두 먹고 즐기는 식재료라 하지만 처음으로 맛봤던 무시무시한 악어고기의 육질! 악어백을 먹는 듯한 느낌을 아직도 잊을 수 없다. 퍽퍽하고 질긴 맛이 흡사 맛없는 육포를 먹는 것 같았다.

하지만 뭐 어떤가? 먹어보지 않으면 그 맛을 전할 수도 없으니 상상으로는 절대 설명할 수 없는 것이 있다. 그러니 나에게 이런 경험은 큰 행운이 아닐 수 없었다.

악어 외에도 호주하면 생각나는 대표적인 캥거루 고기는 물론이고 다양한 식재료들이 넘쳐나는 가장 큰 섬나라에서 요리를 해보고 싶다는 생각이 절로 들었다. 그래서 많은 요리 전공자들이 호주를 선호하는 건

드넓은 대지와 초원

그리고 이어지는 섬 같은 도시들,

한없이 평화롭고 따스했으며

여유로움이 무엇인지 그대로 전해지던

나라가 바로 호주였다.

지도 모르겠다. 넘쳐나는 식재료와 깨끗한 자연환경 그리고 다른 나라에 비해 조금은 덜 배타적인 환경들이 이곳을 요리사의 천국으로 만든 게 아닐까. 난생 처음으로 여행을 하면서 요리를 하고 싶다는 생각이 들었다. 직업으로 요리를 하고 스타일링을 하다 보니 여행을 가면 대부분 중고서점에서 요리책을 구입하거나 벼룩시장을 돌아다니면서 소품이 될 만한 것들을 찾곤 했는데 이곳에서는 자연이 주는 식재료들을 어떻게 요리해서 먹는지 무척이나 궁금해졌다.

영국의 지배를 받은 적이 있어 '피시 앤 칩스'는 호주의 대표적인 메뉴였다. 그래서 어디서나 쉽게 먹을 수 있었는데 역시나 이태원에서 맛봤던 그 맛은 우리가 좋아하는 한국적인 맛이었다. 여기서는 최소한의 양념으로 요리를 했다. 양념이라고 해봤자 소금이 전부였지만 큼지막한 생선을 통째로 튀겨서 두툼한 감자튀김과 함께 먹는 게 일상적이었다. 의외로 담백함이 강하고 신선했다. 자극적인 튀김에 길들여진 입맛에는 맛없는 튀김요리에 불과하지만 그 튀김 안에 가득 차 있는 생선살은 그들의 마음만큼이나 푸짐하고 넉넉하기만 했다.

다른 대륙에서는 느낄 수 없는 드넓은 평지와 바다 그리고 바람이 함께하는 곳. 제주도의 대륙 버전이라고 할까? 호주는 수많은 인종의 사

난생 처음으로 여행을 하면서
요리를 하고 싶다는 생각이 들었다.

람들과 문화가 공존하는 땅이라 재미있는 곳이기도 했다.

여행 중에 나는 그 지역의 한식당을 꼭 들린다. 호주의 퍼스에 가게 되어 시내 중심가에 있는 한식당을 찾아가기로 했다. 먹는 일이 나에게는 공부가 되고 좋아하는 일이기는 하지만 3일에 한 번은 칼칼한 고추장과 개운한 김치가 당기기 마련이니 난 천상 한국인임에는 틀림없다.

시내에서 어렵지 않게 찾은 한식당에서는 육개장이며 김치찌개, 만두까지 생각보다 놀라울 정도로 우리네 음식들이 즐비했다. 그동안 고기만 먹어서 국밥이 무척이나 생각났던지라 우리 일행은 육개장을 주문하고 기다렸다.

고추기름으로 벌겋게 띠를 두른 육개장이 그 장엄한 자태를 과시라도 하듯 김을 모락모락 피우며 내 앞에 놓여졌다. 한국의 맛을 느끼고 또 다른 호주의 맛을 보러 가야지 하는 생각에 절로 기분이 좋아졌다. 하지만 육개장을 한입 떠 넣자마자 그 색다른 육개장의 맛에 당황했다. 생김새는 한국의 육개장보다 훨씬 붉은 기운이 강하고 매콤해 보였는데 혀로 느껴지는 맛은 달큼한 무국 같았다. 이내 친구들의 분석이 시작됐다.

"이거 뭐지?"

"왜 이렇지?"

다른 대륙에서는 느낄 수 없는 드넓은 평지와 바다

<u>그리고 바람이 함께하는 곳.</u>

"현학이가 전문가잖아. 이거 왜 그런 거니?"

낯선 맛에 당황해하던 찰나, 친구들의 질문에 또다시 당황스러웠다. 꼼꼼히 그 속을 들여다보니 재료가 달라도 너무 달랐다.

우리 땅에서 나는 파, 양파도 아니고 고기도 아니니 당연히 맛은 그들의 입맛에 맞게 현지화되어 있었다. 매운 걸 잘 못 먹는 서양인들의 입맛에 맞게 생김새는 비슷하지만 맛은 전혀 다른 달짝지근한 육개장이었다.

그래서 또 한 번 논쟁이 벌어졌다.

이게 한식의 세계화냐? 퓨전이 아니냐? 현지 입맛에 맞춘 것을 어떻게 우리 한식이라고 할 수 있느냐 하고 말이다. 육개장 한 그릇으로 열띤 토론장이 되어버렸던 그곳, 나의 친구들과 함께 마치 애국지사라도 된 듯 육개장보다 더 뜨거운 설전을 벌였던 그날의 기억이 아직도 생생하다.

그렇지만 육개장으로 한 끼를 든든히 채우고 만족하는 모습이면 괜찮지 않을까? 그래도 아쉬운 것이 있다면 한국인이 아닌 중국이나 동남아 사람들이 한식을 만들고 있어서 혹시나 우리의 맛이 변질되지 않을까 하는 걱정이 되었다. 한식의 세계화를 말하고 있지만 정작 한식의 세계화는 산으로 가는 것 같았다. 전통을 무시하고 환경에 맞춰가는 이름 모를 퓨전들이 난무하는 게 지금의 현실이다. 내 일이 푸드스타일리스트라 우리의 한식을 새롭게 보여주고자 하는 욕심은 있지만 그렇다고 본질을 깨고 맛까지 흔드는 아름다움이 진정한 한국의 맛일까? 호주에서 맛본 육개장 때문에 혹시라도 서양인들이 그 육개장을 한국의 맛이라고 인지하게 될까 봐 몸서리쳐졌다.

낯선 땅에서 맛본 육개장 하나에 여러 가지 생각이 들었던 그날의 호주 육개장을 아직도 잊지 못한다. 그 후로 육개장을 끓일 때마다 생각한다. 육개장은 절대 호주식으로 끓이면 안 된다. 제대로 한국식으로 끓여야만 한다.

# 궁중육개장

## 재료

양지머리 **200g**, 물 **3컵**, 대파 **3대**, 마늘 **5개**, 국간장 **1큰술**

양념 : 고추가루 **2큰술**, 식용유 **1큰술**, 국간장 **1큰술**, 소금 **2작은술**,

다진 파 **2큰술**, 다진 마늘 **1큰술**, 참기름 **1큰술**, 후추 약간

## 만드는 법

1. 양지머리는 찬물에 담가 핏물을 빼고 1시간 정도 대파와 마늘을 함께 넣고 삶
   아 무르게 익힌다.

2. 고기는 건져내고 국물은 식혀서 기름을 없애고 고기는 결대로 찢는다.

3. 파는 10cm 정도로 썰고 끓는 물에 소금을 넣고 살짝 데친다.

4. 냄비에 고추가루와 식용유를 먼저 넣고 살짝 볶으면서 고추기름을 만든다.

5. 고기와 파는 각각 양념을 넣어 버무린 뒤 고추기름을 만든 냄비에 넣고 볶다
   가 물을 붓고 국간장으로 간을 해 완성한다.

원래 궁중 육개장은 곱창과 양 그리고 양지머리와 파만 가지고 간결하게 끓여야 제맛이다. 근대화 후에 고사리나 다른 식재료들이 들어가 지금의 모양처럼 건더기가 많아졌다. 양이나 곱창을 집에서 손질하기 어려우니 소고기와 파만 가지고 육개장을 끓여봤다.

# Amsterdam

## 틀린 것이 아닌 다른 맛

# 아기자기한
# 거인들

세계에서 가장 큰 거인들이 사는 곳! 풍차, 튤립, 자전거, 자유와 다양성
을 지닌 그곳은 바로 네덜란드이다. 평균 키 185센티미터의 사람들. 넘
을 수 없는 벽 같은 사람들이 성큼성큼 걸어다니는 그곳. 키가 크지 않은
나는 마치 거인국에 떨어진 걸리버 같았다.

그들을 보고 있노라면 축복 받은 유전자라는 생각이 가장 먼저 든
다. 자유스러움과 소박함이 몸에 배인 그 모습이 너무 기품 있게 보인다.
큰 덩치에 비해 소박하지만 편안하고 센스가 그대로 묻어나는 옷차림과
자전거를 타고 다니는 모습 또한 인상적이었다. 우리는 자전거도 패션이

키가 크지 않은 나는 마치 거인국에 떨어진
걸리버 같았다.

그들을 보고 있노라면 축복 받은 유전자라는

생각이 가장 먼저 든다.

자유스러움과 소박함이 몸에 베인 그 모습이

너무 기품 있게 보인다.

네 장비네 하면서 몇백만 원씩 고가의 장비를 장착하지만 이곳에서는 할아버지의 자전거를 아버지가 그리고 다시 젊은 아들이 대를 이어 물려받아 검소하게 타고 다니는 모습이 너무 신선하다 못해 존경스러웠다.

　　우리나라에도 자전거 붐이 일었었지만 그전부터 네덜란드에서 자전거는 패션이나 유행이 아닌 개인의 교통수단으로 철저하게 생활에 녹아 있어 그들의 검소함을 여실히 보여주고 있었다. 자전거 도로 역시 꼼꼼하게 정비되어 있어서 가까운 곳은 전차나 버스보다는 자전거로 이동하는 게 훨씬 편리했다. 더불어 보여주기 식 행정이 아닌 철저히 삶에 배어 있는 이곳의 문화를 보니 우리나라에 자전거 문화가 제대로 정착하려면 아직 한참 멀었구나 하는 생각과 실용적이고 실천적인 그들의 생활방식이 너무나 좋게만 보였다.

　　암스테르담 여기저기를 둘러보다 보니 어찌나 예쁜 구석이 많은 곳인지 골목이나 광장 곳곳에서 그들의 감성과 마음을 엿볼 수 있어서 어디 하나 놓치고 싶지 않았다. 흔히 네덜란드 하면 튤립과 풍차의 나라라고 하는데 막상 도착한 네덜란드는 자유로움과 편견이 없는 예술의 정취가 물씬 풍겨나는 곳이었다.

　　하지만 너무도 재미있었던 것은 소인국과 같은 느낌이 드는 작은

암스테르담 여기저기를 둘러보다 보니

어찌나 예쁜 구석이 많은 곳인지 골목이나 광장 곳곳에서 그들의 감성과

마음을 엿볼 수 있어서 어디 하나 놓치고 싶지 않았다.

집과 창문 그리고 문이었다. 그렇게 키가 큰 사람들이 작다 못해 귀여운 느낌이 드는 집에 산다는 것 자체가 굉장히 아이러니했다.

그 연유를 궁금해서 알아보니 예전에 네덜란드에서는 창문이나 문의 크기가 세금과 연관이 있었다고 한다. 창문의 개수와 문의 크기에 따라 세금을 걷는 금액도 차등을 두어서 왕권을 강화하고 세금을 충당하는 데 썼다고 하니 우리나라에 태어난 게 참 다행이라는 생각이 들었다. 가뜩이나 창문이나 문이 넓은 곳을 좋아하는데 창문이 작은 집들은 예전에 잠깐 살다가 답답해서 나온 고시원과 같다는 생각이 들었다. 그래서인지 네덜란드는 오히려 예술이나 디자인과 색채가 굉장히 발전한 느낌이었다. 집안의 실내 인테리어는 물론이고 가드닝도 독보적인 기술과 환경을 지니고 있었다. 아무리 작은 집이라도 아기자기한 정원을 갖추고 있어서 무척 아름답고 친환경적인, 목가적인 삶을 그들은 공유하고 있었다.

이곳은 여유로운 사람들의 통통 튀는 에너지가 넘쳤다. 편견 없이 자유롭게 생활하는 곳이라 유럽 국가 중에서도 다문화 민족들이 가장 많은 나라, 차별이 없는 나라로 네덜란드는 유명하다. 그래서인지 사람들이 모두 하나같이 편안하고 구김살이 없어 보였다. 그렇지만 영국에서 유학 중인 친한 친구를 만났을 때는 뜻밖의 이야기를 들었다. 어찌나

틀린 게 아니라 다르다는 것을 이해하고 인정해주는 것,

그게 진짜 다양성을 존중하는 예의가 아닐까?

동양인에 대한 차별이 심하던지 늘 놀림을 받았고 김치 냄새, 마늘 냄새가 난다며 못살게 구는 녀석들이 있었다고 했다. 물론 다 그런 것은 아니고 극히 일부 사람들의 이야기지만 그 얘기를 듣고 피가 거꾸로 솟은 기억이 있었다.

틀린 게 아니라 다르다는 것을 이해하고 인정해주는 것. 그게 진짜 다양성을 존중하는 예의가 아닐까?

친한 친구라서 그런 것도 있지만 동경했던 나라에서 일어난 외국인에 대한 편견이라 더욱 기분이 좋지 않았다. 그러나 우리나라도 그런 차별이 덜하진 않을 거란 생각에 조금은 씁쓸했다. 배신감이랄까? 나는 다른 나라를 탓할 수가 없었다.

네덜란드에도 차별이 없을 순 없지만 그나마 다양성이 존중되는 나라여서 굉장히 많은 인종들과 민족들이 뒤엉켜 살고 있어 인종의 용광로라고 부른다고 했다. 물론 뉴욕에 비할 순 없지만 유럽 내에서는 가장 열린 문화라고 했다. 또한 예전부터 일본과 교류를 오래 해왔던 터라 아시아에 대한 거부감도 없어서 동양인에 대한 호기심과 배려도 넘쳤다.

네덜란드 문화는 일본 문화와 비슷한 게 상당히 많았다. 비 오는 날이 많고 궂은 날씨 때문에 나막신을 신는데 그 모양이 일본의 것과 비슷

273

했고 그릇이나 식기의 느낌도 비슷했다. 정원에 굉장히 신경을 쓰는 모습까지 유럽의 동양이라고 해도 과언이 아닐 정도였다. 다민족이 많은 만큼 음식을 먹는 방법도 크게 별다를 것은 없었다. 북유럽의 척박한 환경 탓에 먹을거리는 그리 좋지 않았다. 우리가 흔히 볼 수 있는 것들 그리고 우리에게 익숙한 것들이 넘쳐나는 이태원 거리와 같은 느낌이 들었다. 전통식보다는 국적이 불분명한 음식에 현지인들도 많이 익숙해져 있어서 네덜란드의 색깔이 빠진 것 같아 아쉬웠다.

반고흐 미술관을 둘러보고 나와 배가 고파 들어간 집은 립 전문점이었다. 배고프고 돈 없는 여행객에게 가장 베스트는 양이 많은 음식이 아니던가? 립이 무제한 제공되는 집이라 오랜만에 고기를 뜯을 요량으로 들어가 자리에 앉아 맥주 한 잔과 립을 주문했다. 우리의 쪽갈비와 비슷한데 우리는 양념을 해서 먹지만 외국인들은 허브와 오일로 재운 게 전부였다. 아, 그렇지만 그 감촉이란!

입안에서 포실포실 부서지는 담백한 육질에 적당히 구워져 겉은 바삭하고 속은 촉촉해서 입에 넣는 족족 뼈만 발라져나왔다. 먹는 내내 즐거웠다. 여행에서의 먹는 즐거움이란 게 다른 문화를 체험하는 것도 있지만 함께 먹는 즐거움이 더 큰 것이어서 누구와 어떻게 먹느냐가 가장 중요한 게 아닌가 싶다. 오랜 여행 끝에 얻은 결론은 그 하나다. 이국적인 환경에서 친근한 이들과 먹는 색다른 즐거움에 맛 또한 배가 되는 것! 그게 바로 교류의 맛, 소통의 맛 아닐까? 비록 현지인들과의 어떤 만남도 자리도 없었지만 지나다니는 그들의 자전거를 보며 그들의 시선을 느끼며 먹었던 립의 맛이 아직도 입안에서 맴돈다. 그때의 맛이 그리워 한국에 돌아온 후 립을 엄청 해먹었다. 네덜란드를 닮은 립을 만들고 싶어서 색감도 좋고 연육 작용도 돕는 오렌지를 넣은 오렌지립으로 네덜란드를 그렸다.

지금도 가끔 네덜란드 생각이 나면 오렌지를 사다가 립과 함께 소스를 만들어 추억을 발라 먹곤 한다. 그 마음이 전해져서일까? 친구들이 놀러올 때나 손님 초대상에 올리면 언제나 인기가 높은 편견 없는 오렌지립! 입안 가득 느껴지는 고기의 찰진 식감도 좋지만 손가락 끝에 묻어 있는 오렌지 소스를 쪽쪽 빨아먹는 맛도 일품이다. 네덜란드에서의 찰진 기억처럼 말이다.

## 오렌지립

### 재료

립 10대(700g), 오렌지 1개, 옥수수 2개, 새송이 버섯 30g, 미니당근
혹은 가지, 호박 30g,

소스: 고추장 1큰술, 오렌지즙 3큰술, 맛술 2큰술, 간장 2큰술,

식초 2큰술, 굴소스 1큰술, 올리고당 2큰술, 다진 마늘 1큰술, 생강즙 1/2큰술,

소금, 후추 약간

### 만드는 법

1. 립은 먼저 찬물에 담궈 핏물을 빼서 준비한다.

2. 핏기를 뺀 립은 끓는 물에 통마늘 5개, 통후추 10알, 생강편 5개를 넣고 잡내
   를 잡는다.

3. 소금 1/2큰술, 다진 마늘 1큰술, 맛술 2큰술, 오렌지즙 2큰술, 허브로 재운다.

4. 새송이, 당근, 가지, 호박, 옥수수를 한입 크기로 잘라 소금, 후추 올리브 오일
   을 발라 오븐에서 굽는다.

5. 소스를 중간중간 발라주면서 오븐에서 30~40분간 립을 익혀주면 완성이다.

이국적인 환경에서 친근한 이들과 먹는 색다른 즐거움에 맛 또한 배가 되는 것!

그게 바로 교류의 맛, 소통의 맛 아닐까?

그대는 지금 어떤 맛의 인생을 만들고 있는가?

아직은 풋내 가득한 상큼한 사과 같기도 하고 어쩌면 시간과 연륜이라는 양념을 버무려 깊은 맛이 우러나오는 인생을 살고 있을지도 모른다.

조화롭고 담백한 삶은 비단 혼자만의 노력으로는 결코 만들어지지 않는다.

음식에도 궁합과 상극이 있어 서로에게 힘을 주기도 하고 좋은 라이벌이 되기도 한다. 때로는 서로에게 상처가 되기도 하고 혹은 행복이 어우러져 인생이라는 긴 여행을 요리하기도 한다.

인생의 맛을 보면서 자신의 메인 요리를 맛깔나게 만들어보자. 여행을 통해 사람을 통해 그리고 감정의 맛을 통해서.

이번 원고를 쓰면서 베스트셀러를 꿈꾸지도, 많은 이들이 읽어주기를 바라는 욕심도 없었다. 다만 한 명이라도 이 글을 읽고 여행을 떠나거나 혹은 요리를 하는 등의 행동으로 이어지기를 바랐다. 두려움이나 막연함을 제치고 시작함에 있어 주저 없이 내딛길 바란다. 스스로 인생의 맛을 찾기를 바란다.

미천한 글을 여기까지 읽어준 것이 그저 고맙다. 다음엔 글보다는 요리가 가득 담긴 책을 써야겠다. 그게 마음이 편할 듯싶다. 새삼 위대한 작가들의 노고에 존경을 보내며…….

오랜만에 큰아들이 내는 책을 한껏 기대하고 계실 부모님께 이 책을 바친다.

만 3년여를 기다려주신 출판사 관계자 분들, 그리고 숙제 안 하는 못난 저를 맡아서 긴 시간 동안 인내로 어르고 달래주신 최아영 님, 감사합니다. 더불어 죄송합니다.

늘 곁에서 힘을 주는 우리 iamfoodstylist & Dear Blanc 식구들 이철우, 배정은 그리고 제자들에게도 늘 함께해줘서 고맙다는 말을 전합니다.

더불어 나의 블랑이와 폴리에게도.

2014년 5월
새벽 5시에 적다

유치하지만 소녀 같은 질문들이 좋아진다.
그래서 여행이란 그 단어 자체가 좋다.

때로는 서로에게 상처가 되기도 하고
혹은 행복이 어우러져 인생이라는 긴 여행을
요리하기도 한다.